한중록

누가
사도 세자를
죽였는가?

물음표로
따라가는
인문고전

15

한중록

누가
사도 세자를
죽였는가?

글 강영준 | 그림 신경란

지학사아르볼

아버지는 왜
아들을 죽였던 걸까?

사람이 살아가는 동안 가장 중요한 삶의 목표는 무엇일까요? 돈, 명예, 권력? 이런 것들도 물론 중요하죠. 하지만 이것들은 진정한 삶의 목적이라기보다 목적을 이루기 위한 수단이라고 할 수 있어요. 돈이나 명예, 권력을 얻으려는 까닭은 무엇일까요? 대부분 사람들은 행복한 삶을 위해서라고 서슴지 않고 대답할 것입니다. 그렇다면 행복은 무엇일까요? 그것은 사랑하는 사람들과 함께 즐거움을 누리는 일일 거예요. 돈을 벌어서 사랑하는 이와 함께 쓰고, 명예를 드높여서 사랑하는 이를 기쁘게 하고, 권력을 얻어서 사랑하는 이를 보호하며 살아가는 것이 행복한 삶이겠죠.

그런데 현실에서는 돈이나 명예, 권력을 추구하다가 진정한 삶의 목적을 놓친 사람들이 적지 않습니다. 돈 때문에 사랑하는 부모 자식 간에 다툼이 일어나기도 하고, 자신의 명예를 지키려고 사랑하는 가족에게 상처를 주기도 합니다. 또한 역사 속에서는 권력을 위해서 사랑하는 가족을 희생시키는 사건도 종종 살펴볼 수 있습니다. 사랑하는 이들을 지키기 위해서 돈, 명예, 권력을 가지려다가 정작 그것들 때문에 사랑하는 이들을 잃는 결과를 낳는 것이죠. 돈, 명예, 권력에 취해서 사랑하는 사람을 공격하고 심지어 죽음에까지 이르게 한답니다.

안타깝게도 역사를 들여다보면 권력을 두고 사랑하는 혈육을 죽이는 일을 어렵지 않게 찾아볼 수 있습니다. 조선의 세 번째 임금 이방원은 형제를 죽이고 스스로 왕(태종)이 되었고, 수양 대군은 어린 조카(단종)를 죽이고 왕(세조)이 되었죠. 중국 당나라의 이세민도 형제들을 죽여서 황제(태종)가 되기도 했습니다. 권력을 쫓다가 인륜을 저버린 것이지요.

이런 안타까운 역사 중 가장 끔찍한 사건은 아마도 아버지가 사랑하는 아들을 죽인 사건이라고 할 수 있어요. 바로 조선의 성군 영조가 아들 사도 세자를 뒤주에 가둬 죽인 사건입니다.

조선의 위대한 임금 영조는 어째서 하나밖에 없던 아들을 죽였을까요? 그것도 8일 동안이나 뒤주에 가두어 놓은 채 말입니다. 사도 세자는 대체 어떤 잘못을 했기에 영조에게 미움을 받았던 것일까요?

기록에 따르면 사도 세자가 미쳐서 죽일 수밖에 없었다는데 진짜 사도 세자가 미쳤던 것일까요? 그렇다면 사도 세자는 무엇 때문에 미쳤던 것일까요? 그의 성장 과정에 어떤 문제가 있었을까요?

혜경궁 홍씨의 《한중록》은 수수께끼로 가득 찬 사도 세자의 죽음을 한 꺼풀씩 벗겨 주는 기록입니다. 혜경궁 홍씨는 사도 세자의 부인이자 정조의 어머니로서 자신이 겪었던 궁궐의 온갖 일들을 빠짐없이 《한중록》에 기록하고 있어요.

그런데 《한중록》은 한 번에 쓰인 기록이 아니에요. 혜경궁 홍씨가 여러 차례에 걸쳐 쓴 글을 나중에 누군가가 하나로 편집했다고 하지요. 그중에서 우리 책에서는 혜경궁 홍씨가 1795년 조카 홍수영의 부탁으로 쓴 글과 1802년에 쓰기 시작해서 1805년에 마무리한 글만을 1편과 2편으로 나누어 실었어요.

첫 번째 글은 비교적 한가로운 심정에서 쓴 것이나, 우리 책의 2편에 해당하는 글은 아들 정조가 죽고 난 뒤에 어린 왕 순조에게 보이기 위하여 정치적 목적으로 썼다고 합니다.

《한중록》이 여러 차례 쓰였기 때문에 1편과 2편에는 때로는 겹치는 내용도 있고, 맥락이 잘 맞지 않는 부분도 있습니다. 아울러 《한중록》을 읽을 때에는 인물의 명칭과 관계에 주의하며 읽어야 해요. 우선 사도 세자는 죽은 뒤에 붙인 이름이고, 책에는 경모궁으로 나옵니다. 또한 사도 세자는 영조의 정식 부인인 정성 왕후가 아니라 후궁인 영빈 이씨, 곧 선희궁의 자식입니다. 이 밖에도 여러 인물들이 언급되고 있어서 각 페이지에 있는 설명을 참고하면서 읽기 바랍니다.

《한중록》을 읽다 보면 영조와 사도 세자, 곧 아버지와 아들이 모두 가엾다는 생각이 들 것입니다. 아버지는 하나밖에 없던 아들을 위대한 임금으로 만들고자 노력했고, 아들은 아버지의 사랑을 받으려 애를 썼지만 두 사람은 운명의 장난처럼 어긋나고 말았죠.

《한중록》을 읽으며 진정한 사랑의 의미를 되새기고, 권력에 집착하는 것이 어째서 사랑을 가로막는지도 생각해 보길 바랍니다. 또한 우리가 살아가는 현실에서 어떻게 사랑을 실천해야 하는지 생각해 본다면 더욱 좋은 독서가 될 것입니다.

● **강영준**

Part 1 | 고전 소설 속으로

고전을 아름다운 그림과 함께 담아냈습니다. 원전에 충실하면서도 어려운 단어를 최대한 줄이고 쉽게 풀이하여, 재미난 이야기를 마주하듯 술술 읽을 수 있도록 했습니다.

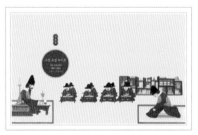

Part 2 | 물음표로 따라가는 인문학 교실

고전은 오늘의 우리를 비추는 거울이며, '인문학'을 담고 있는 그릇입니다. 이 책은 고전의 재미를 더하고, 우리 고전을 인문학적인 관점에서 바라볼 수 있도록 구성되었습니다.

● 고전으로 인문학 하기

고전 소설을 읽고 나면 머릿속에는 여러 질문들이 떠올라요. 물음표에 대한 답을 따라가 보세요. 배경지식이 쑥쑥 늘어날 거예요.

● 고전으로 토론하기

고전의 내용에 기반한 가상 대화가 이어집니다. '고전으로 토론하기'를 통해 다르게 생각하는 힘을 길러 보세요.

● 고전과 함께 읽기

함께 읽으면 더욱 좋은 문학, 영화, 드라마 등을 소개합니다. 비슷한 주제가 다른 작품에서는 어떻게 표현되었는지 살펴보고 생각의 폭을 넓히세요.

Part 2 │ 물음표로 따라가는 인문학 교실

고전 소설 속으로

우리 고전 소설의
재미와 **감동**을
오롯이 느껴 봅시다.

제1편

환갑이 되어

지난날을 기록하다

나는 열 살 어린 나이에 궁궐에 들어왔다. 그때부터 부모님과 아침저녁으로 편지를 주고받았으니 집에 편지글이 많이 남아 있는 게 당연할 것이다. 하지만 아버지께서는 늘 내게 이르셨다.

"바깥의 글이 궁중에 들어가 돌아다닐 일이 아니다. 안부를 묻는 것 외에 다른 사연이 많아지면 궁궐 어른들을 진정으로 공경하는 것이 아니다. 그러니 아침저녁으로 편지하거든 집 소식만 알고 그 종이 위에 간단하게 답장만 써서 다시 보내라."

나는 아버지의 말씀에 따라 어머니가 보내신 안부 편지에 답장만 써서 집으로 보내었다. 그런데 아버지께서는 대궐에서 온 편지가 함부로 돌아다니지 못하게 하시려고 편지에 쓰인 내 글씨를 모두 물로 씻어 버려, 지금은 내 필적이 거의 남아 있지 않다. 친정 조카 수영이는 늘 내게 말했다.

"저희 집에 고모님 글씨 남은 것이 없으니 한 번 써 주시면 오래오래 가보로 간직하겠습니다."

그 말이 옳다고 여겨서 써 주려 했지만 오랫동안 미루다 보니 그러질 못했다. 올해 내 나이가 환갑이 되니 그 일이 후회스러웠다. 세월이 더 흐르면 내 정신도 흐릿해질 것 같아서 내가 겪고 느낀 일을 생각나는 대로 적고자 한다. 지난날을 다 기록하지 못하고 그저 떠오르는 대목들만 쓴다.

나는 1735년(영조 11년) 6월 18일, 서울 서대문 밖 평동 외가에서 태어났다. 전날 아버지께서는 흑룡이 방으로 들어오는 것을 보고 혹시 아들을 낳을까 기대하셨는데, 딸이 태어나자 태몽과 맞지 않다고 의심하셨다고 한다. 며칠 후 할아버지께서 몸소 와 보시고는 보통 아이들과 다르다며 나를 특별히 사랑해 주셨다. 삼칠일이 지나 본집으로 돌아오자 증조할머니께서 나를 보시고, "이 아이는 다른 아이와 같지 않으니 잘 기르라." 하시며 몸소 유모까지 구해 주셨다.

내가 자랄 때 할아버지께서는 나를 아주 귀여워하시며 무릎에서 내려놓지를 않으셨다. 그러면서 항상 이렇게 말씀하셨다.

"이 아기가 작은 어른이니 일찍 혼인을 하겠구나."

나는 어려서 그게 무슨 뜻인지 잘 몰랐는데 아마도 두 분 어른들은 어떤 예감을 하셨던 모양이었다.

내가 어렸을 때 언니가 있었는데 그만 일찍 세상을 떠나고 부모님 슬하에 딸은 나만 남게 되었다. 부모님은 엄하셔서 큰오빠를 가르칠 때 몹시 위엄이 있으셨지만 나만큼은 남다르게 사랑하셨다. 나도 아버지 곁을 좀처럼 떠나지 않았고, 부모님과 함께 잠이 들고는 했다.

우리 집은 가난할 때가 많았다. 할아버지는 벼슬이 높았지만 워낙 청렴하셔서 재물을 모으지 않으셨고 가난한 선비처럼 지내셨다. 어머니는 재상 가문의 맏며느리였지만 비단옷을 입지 않으시고 패물도 몇 개 안 되었으며, 외출복도 딱 한 벌밖에 없었다. 길쌈과 바느질로 밤을 새우시느라 손이 다 닳았으나 괴로워하지 않으셨다. 어머니는 우리 형제들 옷도 검소한 것으로 철에 맞게 마련하셨고 무명옷이지만 깨끗하게 입혀 주셨다. 가족 분위기를 화목하게 하면서도 엄숙함을 잃지 않으셔서 온 집안이 어머니의 덕을 우러러보았다.

우리 집은 선조 임금의 따님이신 정명 공주의 후손으로 대대로 벼슬을 이어 온 집안이었고, 외가는 청렴하기로 이름난 집안이었다. 그럼에도 집안의 여자들은 태도가 건방지지 않았으며 사치하는 일도 없었다.

아버지는 이름난 선비들과 항상 토론하시며 학문에 힘쓰셨다. 스승과 친구들이 집을 찾는 일이 끊이질 않았다. 1743년 3월, 아버지께서 성균관*의 으뜸 자리인 태학장의가 되어 임금을 뵈었다. 이때 아버지는 서른한 살이셨다. 아버지의 자질이 뛰어나고 의젓하여 임금께서 기뻐하셨다. 임금께서 성균관의 문묘*에 참배*하시고 과거를 베풀었다. 하지만 아버지는 급제하지 못하셨고 어린 나는 실망하여 울었다.

그해 가을 아버지께서 의릉*을 지키는 참봉*을 하셨다. 할아버지께서 돌아가신 후, 우리 집에서는 처음으로 녹봉*을 받는 일이

* **성균관** 조선 시대 유학을 가르치던 최고의 교육 기관.
* **문묘** 공자를 모신 사당.
* **참배** 무덤이나 기념비 등의 앞에서 죽은 사람을 생각하며 절함.
* **의릉** 조선 제20대 왕 경종(영조의 이복형)과 왕비 어씨의 무덤.
* **참봉** 조선 시대 맨 아래 단계의 종9품 벼슬.
* **녹봉** 나라에서 관리에게 주던 봉급.

어서 온 집안이 귀하게 여겼다. 어머니는 아버지의 첫 녹봉을 일가 친척에게 고루 나눠 주시고 약간의 쌀도 남겨 두지 않으셨다.

그해에 왕세자의 배우자를 고르기 위해서 아직 혼인하지 않은 여자아이를 나라에 신고하라는 명이 떨어졌다. 그때 아버지께서는 "우리 집안이 대대로 나라의 녹봉을 받는 신하의 집안이요, 딸이 재상의 손녀인데 어찌 임금의 명을 따르지 않겠는가?" 하시며 어린 나를 나라에 알리셨다.

그해 9월 28일 초간택을 받았다. 세자빈이 되는 첫 번째 단계를 통과한 것이다. 간택을 받던 날, 영조 임금께서는 못난 나의 재질을 각별히 칭찬해 주셨다. 또 정성 왕후*께서도 나를 착실하게 보셨고, 선희궁*께서도 나를 미리 보시고는 온화한 미소를 보이셨다.

좌우에 궁궐 사람들이 앉아 있어서 내 마음은 몹시 힘들었다. 어머니 곁에서 그날 밤을 자고 나니 아침에 아버지께서 오셨다.

"이 아이가 첫째로 올랐다니 어찌 된 일이오?"

아버지께서 걱정과 근심을 내비치자 어머니께서 말씀하셨다.

"가난하고 변변치 못한 선비의 자식인데 괜히 나라에 알린 것 같습니다. 알리지 않았다면 좋았을 것을."

* **정성 왕후** 조선 제21대 왕인 영조의 비.
* **선희궁** 영조의 후궁, 사도 세자의 어머니.

부모님 말씀을 잠결에 듣고 나는 이불 속에서 하염없이 울었다. 또 궁중 사람들이 나를 반기던 일이 생각나서 놀랍기도 하고 걱정스럽기도 했다. 처음 간택되었을 때 매우 슬펐는데, 아마 궁중에 들어와 수많은 일을 겪을 것을 미리 예감했던 게 아니었을까.

10월 28일, 재간택에 이르니 가슴이 두근거렸다. 부모님도 내가 떨어졌으면 하고 바랐다. 그러나 이미 세자빈으로 정해진 것처럼 궁 안에서 나에 대한 대접이 아주 달라졌다. 역시 재간택에도 다시 뽑히었다. 임금께서 친히 어루만지고 기뻐하며 말씀하셨다.

"내 이제 아름다운 며느리를 얻었구나. 너를 보니 네 할아버지 생각이 난다. 네 아비를 보고 훌륭한 신하를 얻었다고 좋아했는데, 네가 그 딸이로구나."

정성 왕후와 선희궁께서도 기뻐하시며 나를 분에 넘치게 사랑해 주셨고, 여러 옹주*들은 내 손을 잡고 귀여워하였다.

세자빈을 정하는 삼간택 날이 11월 13일로 정해졌다. 나는 갑갑하고 슬퍼서 밤에는 어머니 품에서 잤다. 재간택이 있은 후 궁궐에서 궁녀가 찾아와 정성 왕후께서 보내신 초록빛 저고리와 진홍빛 치마 등을 전해 주었다. 어려서 한 번도 입어 보지 못한 귀한 것들이었다.

예전에 한번은 이런 일이 있었다. 내 친척 중에 부잣집 귀한 딸로 자라나 고운 옷이 많은 아이가 있었다. 그 아이가 우리 집에 다녀갔는데 매우 우아하였다. 나는 전혀 부러워하지 않았지만 어머니께서 물으셨다.

"너도 저런 옷을 입고 싶으냐?"

"그런 옷이 있으면 안 입지는 않겠지만 새로 장만해서 입고 싶지는 않아요."

내 대답에 어머니는 이렇게 말씀하셨다.

"너는 가난한 집 딸이라 어쩌겠느냐. 그 대신 네가 결혼할 때는 고운 치마를 해 주마."

* **옹주** 조선 시대에, 후궁에서 난 딸을 이르던 말.

그때 일을 기억하셨는지 어머니는 한숨을 내쉬며 말씀하셨다.

"고운 옷을 해 입히지 못해서 언젠가는 잘 입히려 했는데, 이제 궁중에 들어가면 보통 사람들이 입는 치마를 입지 못하겠구나. 이제라도 치마를 해 입혀서 내 원을 풀어야겠구나."

삼간택 날이 되어 대궐에 들어가서 임금과 인원 왕후*, 정성 왕후를 뵈었다. 그때 인원 왕후께서 처음으로 나를 보고 말씀하셨다.

"모습이 아름답고 마음과 정성이 더할 나위가 없으니 나라의 큰 복이로다."

영조께서도 나를 칭찬하셨다.

"내 슬기로운 며느리를 잘 뽑았노라."

날이 저물어서야 임금, 인원 왕후, 정성 왕후께 네 번 절하고 나왔다. 영조께서는 친히 가마 타는 곳까지 나오셔서 내 손을 잡으시며 말씀하셨다.

"잘 지내다 오너라. 《소학》*을 보낼 것이니 네 아비에게 잘 배우도록 하라."

이튿날 영조께서 《소학》을 내리셔서 아버지께 매일 배웠다.

이듬해 1744년 정월 9일, 마침내 세자빈으로 정해졌다. 11일

* **인원 왕후** 조선 제19대 왕인 숙종의 세 번째 왕비. 영조의 계모.
* **《소학》** 8세 안팎의 아동들에게 유학의 기본을 가르치기 위하여 만든 책.

에 가례*를 치른다 하니 내가 부모님을 떠날 날이 닥쳐온 것이다. 나는 섭섭함을 참지 못하고 하루 내내 울면서 보냈다. 아버지도 나와 같은 마음이셨으나 애써 참으며 이렇게 말씀하셨다.

"신하의 집안이 임금의 친척이 되면 은혜가 따르는 법입니다. 은혜가 따르면 지위가 높아지고 지위가 높아지면 재앙을 부르는 법이지요. 우리 집안이 임금의 사위 자손으로 나라에 은혜를 입었으니 끓는 물이나 타는 불에 들어간들 어찌 사양하겠습니까. 하지만 글만 읽고 세상살이 경험이 없던 사람이 하루아침에 왕실과 인척이 되니 이것은 복이 아니라 화가 찾아올 징조입니다. 오늘부터 두려워서 어디서 죽을지 알 수 없겠습니다.

궁중에 들어가면 부디 웃어른을 효성으로 지극히 섬기고, 남편인 동궁*을 정성껏 받들며, 말씀을 더욱 조심해서 집과 나라에 복을 닦으소서."

나는 아버지의 말씀을 듣다가 울음을 터뜨렸다. 어찌 돌이나 나무인들 감동하지 않았겠는가.

초례*를 올릴 때 아버지는 관복과 모자를 쓰고, 어머니도 큰머

* **가례** 왕, 왕세자, 왕세손의 혼례.
* **동궁** 세자 또는 세자궁을 이르던 말. 세자가 거처하는 곳이 궁궐의 동쪽에 있던 데서 유래한다.
* **초례** 혼인 예식.

리를 얹으셨다. 부모님께서 법도에 어긋남이 없이 위엄 있고 단정하니, 보는 사람들도 나라에서 사돈을 잘 얻었다고 칭찬하였다.

초례 후 궁중에 들어와서 혼인을 치르는 큰 예식인 대례를 지내고 12일에 임금을 뵈었다. 그때 영조께서 내게 당부하셨다.

"세자에게 부드럽게 대하고 말과 얼굴빛을 가볍게 하지 말며, 눈이 넓어도 모르는 체하고 아는 척을 말라. 또 여편네가 속옷 바람으로 남편을 뵐 것이 아니니 세자가 보는 데서 옷을 함부로 헤쳐 보이지 말고, 여편네 수건에 묻은 연지가 비록 곱다고 해도 아름답지 않으니 묻히지 마라."

내 그 경계를 명심하여 늘 조심하였다.

그날 영조께서는 아버지를 불러 친히 술잔을 내리셨다. 그러자 아버지는 술잔을 받아 마시고 남은 술을 소매에 붓고, 잡수신 귤의 씨는 품에 품으셨다. 영조께서 아버지의 모습을 보시고는 "네 아비가 예절을 안다."라고 하셨다. 아버지는 감격하여 이를 식구들에게 전하고 이렇게 말씀하셨다.

"임금의 은혜가 이 같으시니 오늘부터 목숨을 다해 은혜에 보답하겠다."

다음 날 인정전에서 모든 관리들의 축하를 받을 때 영조께서 나를 소개하셨다. 축하 인사가 끝난 뒤, 문안 인사를 드리러 올라가니 정성 왕후께서 우리 어머니를 불러 만나 보셨다. 인원 왕후께서는 어머니를 친히 만나지 않았지만 상궁을 불러 잘 대접하게 하셨고, 선희궁께서도 어머니를 곧 보시니 사돈 사이에 정이 넘치고 좋았다.

사흘 밤이 지난 후 어머니는 궁궐을 나가셨다. 그때 내 마음은 간장이 끊어지는 듯이 슬펐다. 어머니는 섭섭한 눈빛 대신 태연한 모습으로 말씀하셨다.

"웃어른들이 딸처럼 귀중히 여겨 주시니 효에 힘쓰면 우리 집과 나라의 복이 될 것입니다. 부모를 생각하시거든 이 말씀을 부디 잊지 마소서."

1744년 10월에 아버지께서 과거에 급제하셨다. 왕세자이신 경모궁(사도 세자)께서는 장인이 과거에 급제하였다면서 내가 있는 곳까지 찾아와 기뻐하셨다. 당시에는 인원 왕후 친정에도 과거에 급제한 사람이 없었고, 정성 왕후의 친정에도 없었다. 그런 까닭에 경모궁께서는 장인이 급제했다는 소식을 신기해하며 무척 좋아하셨다. 영조께서도 지난해에 아버지께서 과거에 급제하지 못한 것을 늘 안타까워하셨는데 이번에 급제한 것을 보시고 몹시 기뻐하셨다. 인원 왕후와 정성 왕후께서도 나를 불러서 축하해 주셨다.

"사돈이 과거에 급제했으니 나라의 경사로다."

정성 왕후는 친정이 어려운 일을 당한 후에 노론* 쪽에 속한 이들을 마치 친척처럼 가깝게 여기셨다. 그러던 중, 우리 집안과 혼인이 되어서 기뻐하셨고 아버지께서 과거에 급제하시자 눈물까지 흘리며 좋아하셨다.

아버지께서는 항상 경모궁의 공부를 도우셨는데 유익한 일과 옛사람의 좋은 글을 써 주셨다. 경모궁께서는 다른 사람보다 아버지께 배우는 것이 더 많았다.

내가 비록 어렸으나 경모궁의 기풍이 참으로 뛰어나고 훌륭하며 효성이 지극한 것을 충분히 알 수 있었다. 영조 임금을 어려워하면서도 임금께 효성을 다했고 정성 왕후는 친어머니처럼 받들었으며, 생모이신 선희궁을 대할 때에는 더 말할 수 없이 극진했다.

궁궐에 들어오면서부터 나는 인원 왕후와 정성 왕후 두 분께는 닷새에 한 번씩, 선희궁께는 사흘에 한 번씩 문안드리기로 되어 있었지만 거의 매일 문안 인사를 할 때가 더 많았다. 그런데 궁궐은 법이 엄격해서 날이 어두우면 문안을 드리지 못하니 새벽 문안 때를 어기지 않으려고 노력했다. 옛날에는 궁중의 법도가 얼마나 엄했는지 모른다. 그래도 나는 괴로워하지 않았는데, 아마 내가 옛 풍습에 익숙한 사람이라 힘든 줄 모르고 지냈던 모양이다.

내게는 시누이가 여럿이 있어 모두 나를 존중했다. 그러나 세

---

* **노론** 조선 후기에 있었던 정치 집단의 하나.

자빈인 나와 지위가 달라서 대접은 하되, 행실을 배우지는 않았다. 화순 옹주는 온화하고 공손했고, 화평 옹주는 성품이 순해서 나를 대할 때 극진하셨다. 아래로 시누이가 둘이 있었는데, 나와 나이가 비슷했으나 함께 놀지 않았다. 그런 나를 보면서 선희궁께서는 늘 말씀하셨다.

"마음속으로는 놀고 싶겠지만 그것을 참고 견디니 참으로 대견하다. 대궐에 들어왔으니 도리를 지켜야겠지만 여기서는 그렇게 하지 말고 옹주들과 함께 놀아라."

내가 일찍이 임신하여 1750년에 의소를 낳았는데 불행히도 1752년 봄에 잃었다. 임금과 인원 왕후, 정성 왕후는 물론 선희궁께서도 몹시 슬퍼하셨다. 내가 불효한 까닭에 끔찍한 일을 당했다고 생각하며 무척 괴로워했는데 그해 9월에 하늘이 도우서서 주상*께서 나셨다. 주상은 태어날 때부터 겉모습이 뛰어나서 용이나 봉황처럼 우러러보였다.

1751년 10월 밤, 경모궁께서 꿈에 용이 침실에 들어와 여의주를 가지고 노는 것을 보았다. 이상하게 여겨 비단에 그 용을 그려서 방에 거셨다. 그때 경모궁 나이 열일곱이어서 꿈속 일을 우연으로 생각할 수 있었을 텐데 아들을 얻을 기이한 징조로 여기셨던 것

---

* **주상** '임금'을 달리 이르는 말. 여기서 주상은 정조를 가리킨다.

이다.

주상이 태어나던 그해에 홍역이 크게 번져서 옹주가 앓기 시작했다. 내의원에서는 경모궁과 원손*을 다른 곳으로 피해야 한다고 간청했다. 그때 나는 아기를 낳은 지 삼칠일 전이라 움직이기가 어려웠지만 경모궁과 원손을 생각해서 거처를 옮기기로 했다.

하지만 모든 노력에도 불구하고 경모궁께서도 홍역을 앓기 시작했다. 선희궁께서 친히 오셔서 보시고, 밖에서는 아버지께서 날을 새어 가며 보살펴 주셔서 치료는 순조로웠다. 경모궁의 홍역이 나아 갈 무렵 이번에는 내가 홍역을 앓게 되었다. 아기를 낳은 직후여서 그랬는지 유독 병세가 심해서 몹시 힘겨웠다.

그런 중에 원손도 병이 들었다. 그런데 태어난 지 석 달밖에 안 되었지만 증세는 큰 아이처럼 순조로웠다. 아버지께서는 원손과 나를 번갈아 치료하느라 온몸이 만신창이가 되어 제대로 걷지도 못하셨다고 한다.

원손이 홍역을 쉽게 이겨 낸 것은 참으로 신기한 일이었다. 원손은 홍역을 앓고 난 후 잘 자랐다. 돌 때에 글자를 알아보기 시작할 정도로 여느 아이들과 달랐다. 세 살 무렵부터 스승을 정해서 배우기 시작했다. 네 살에는 《효경》을 배웠는데 어린아이 같지 않

* **원손** 왕세자의 맏아들. 여기서는 정조를 가리킨다.

게 글을 좋아하므로 가르치는 데에 전혀 어렵지 않았다. 여섯 살 때는 영조 임금과 더불어 유학자의 강의를 들으며 함께 글을 읽으니 신하 남유용이 이렇게 말했다.

"하늘에서 내려온 선동*이 글 읽는 소리처럼 들립니다."

이처럼 어리면서도 성숙하여 아버지인 경모궁께 눈에 띄지 않도록 효도하는 일이 많았다.

슬프도다. 경모궁의 기질이 뛰어나시고 학문이 점점 깊어져 기품을 갖춰 가고 계셨는데 불행하게도 1752년부터 병환 증세가 있으니, 나와 우리 부모님의 마음은 초조하기가 이루 말할 데 없었다. 어머니께서는 불안하여 밤낮으로 기도하시고 유명한 산과 강을 찾아다니며 지극한 정성을 드리셨다. 이는 모두 어리석고 못난 나 때문이리라. 나라 위하는 정성이 아니라면 어찌 이처럼 염려가 많으실 수 있겠는가.

1755년 8월, 어머니께서 돌아가셨다. 슬프고 또 슬펐다. 누군들 어머니를 잃은 슬픔이 없겠느냐마는 하늘과 땅 사이에 나 혼자 남은 것만 같았다. 애달프고 슬픈 느낌에 멍하기만 하니 어찌 살고 싶은 마음이 있었을까? 하지만 아버지께서 배필을 잃고 애통해하

* **선동** 신선 세계의 아이.

시고 계신데 내가 죽으면 더 슬퍼하시리라는 생각에 내 한 몸 버리지 못하고 아버지를 위로해 드렸다.

어머니의 상을 당해 머리를 풀고 울던 날, 선희궁께서 친히 오셔서 마치 어머니처럼 위로해 주셨다. 시어머니와 며느리 사이가 여느 집에 비할 수 없을 만큼 가깝게 느껴졌다.

장례를 지내고 문안드리러 올라가니 인원 왕후와 정성 왕후께서 내 손을 잡고 눈물을 흘리시며 함께 슬퍼해 주셨다. 내가 슬픔을 억지로 참으며 진실로 살 마음이 없었는데 영조께서 너무 슬퍼하지 말라고 위로해 주셨다. 또 두 왕후께서도 "부모상을 당한 것이 안타까우나 예절을 지키는 게 너무 지나치다."라고 꾸중하셔서 내 마음을 다하지 못해 더욱 슬플 따름이었다.

1756년 2월에 아버지께서 광주 유수*라는 벼슬을 하셨다. 아버지께서는 광주로 가시면서 할머니도 함께 모시고 떠나셨는데, 할머니를 어머니처럼 여겼던 나는 몹시 슬펐다.

그해 둘째 딸 청선을 낳았다. 첫째 딸 청연을 낳은 지 2년 후였다. 아기를 낳을 적마다 어머니가 궁에 들어오시던 일이 생각나 고통이 더욱 극심하였다. 만삭의 몸으로 목숨이 끊어질 듯이 기운이 없어 위태로웠다.

* **유수** 조선 시대에, 수도 이외의 요긴한 곳을 맡아 다스리던 정2품 벼슬.

영조께서 내 몸을 염려하시고 아버지께 보약을 많이 쓰라고 하신 덕분에 무사히 아기를 낳을 수 있었다. 아기를 낳은 후 몸이 약해져 아버지께서 근심이 많으셨다. 그달에 아버지께서는 평양 감사가 되어 다시 먼 길을 떠나셨다.

그해 동짓달에 경모궁께서 천연두를 앓으셨다. 아버지는 천 리 먼 길에서 소식을 들으시고 밤낮으로 추운 방에서 지내시며 애태우시느라 수염이 허옇게 셌다고 했다. 다행히 경모궁께서 병환이 나으셔서 종묘사직*에 큰 경사로 여기셨다.

하지만 백 일이 못 되어 왕실에 큰 아픔이 찾아왔다. 정성 왕후께서 돌아가신 것이다. 그때 경모궁께서 슬퍼하시는 효심이 너무 깊어서 모든 사람들이 마음속으로 깊이 감탄하였다. 장례식 때에도 경모궁의 애통해하시는 모습을 보며 백성들이 크게 감동하여 따라 울었다.

나라의 운이 좋지 않았을까. 정성 왕후 돌아가신 이듬해에 인원 왕후께서도 병환이 깊으셨다. 영조께서 밤낮으로 약을 달여 친히 간호하셨으나 끝내 인원 왕후께서도 돌아가셨다. 두 분 왕후를 의지하며 살았던 나는 하루아침에 궁궐 내에 의지할 곳이 없어졌다.

두 왕후의 삼년상을 마치자 왕후의 자리를 비워 둘 수 없어 영

* **종묘사직** 왕실과 나라를 통틀어 이르는 말.

조께서 계비*를 들이셨다. 정순 왕후셨다. 그때 영조 임금의 혼인이 경사스럽게 여겨지면서도 한편으로는 걱정스럽고 두려웠다. 그런데 선희궁께서는 낯빛도 바꾸지 않으시고 영조께 축하 인사를 드리며 친히 혼례식장을 꾸미셨다. 혼례를 마친 후 경모궁께서 두 분께 아침 문안을 드리는데 지극히 조심하고 공경하시어 천성에서 우러난 효심임을 알게 하셨다.

경모궁께서는 어버이에 대한 효도와 동기의 우애가 각별하셨다. 그리고 주상을 무엇보다 귀중하게 대하셨다. 군주*들이 주상을 감히 바라보지 못하게 하셨고 천한 사람들이 가까이하지 못하게 엄격히 금하셨다.

경모궁은 화순 옹주, 화평 옹주를 누님으로 공경하시고, 영조께서 화협 옹주를 소홀히 대하는 것을 가엾게 여기시어 더욱 잘 대접했는데 화협 옹주가 안타깝게 세상을 떠나자 몹시 슬퍼하셨다. 영조께서는 아홉째 딸 화완 옹주를 살갑게 대하시며 편애하셨는데 경모궁은 조금도 질투하지 않고 언제나 우애 있게 대하셨다.

1761년 3월에는 주상이 입학하고 관례*를 경희궁에서 치렀으

---

* **계비** 임금이 다시 장가를 가서 맞은 아내.
* **군주** 왕세자의 정실에서 난 딸.
* **관례** 아이가 어른이 될 때 올리던 예식.

나 아버지인 경모궁이 갈 수 없기에 나 또한 혼자 가 보질 못했다. 어미 된 도리로서 마음이 서운하고 근심이 적지 않았다.

아버지께서 정승 벼슬을 임명받으셨다. 그때 이상하게도 삼정 승이 모두 세상을 떠났고 영조께서는 병환이 있으셨기에 아버지는 서둘러 벼슬길에 나가실 수밖에 없었다. 훗날 아버지께서 스스로 물러나려고 하셨으나 임금의 은혜가 커서 물리치지 못하고 근심만 쌓였다.

그해 겨울에 나라에서 세손빈을 간택하였다. 예전에 아버지께 서 청풍 김 판서의 어머니 환갑에 가셨다가 그 집 딸을 보시고 뛰 어난 자질이라고 하신 적이 있다. 그 말씀을 경모궁께서 들으셨는 데, 궁궐의 어른들이 의논하여 그리로 결정되었다. 경모궁은 며느 리를 귀하게 여겨 사랑하심이 지극했다.

아아 슬프고 슬프도다. 모년 모월 그 일*을 내가 어찌 차마 말 하리오. 하늘과 땅이 부딪히고 해와 달이 컴컴해지는 일을 당해, 내 어찌 잠시나마 세상에 머물 마음이 있었을까. 칼을 들어 목숨을 끊으려 했으나 옆에서 칼을 빼앗아 뜻한 대로 죽지 못했다. 돌이켜 생각하니 열한 살 세손에게 더는 고통을 주지 못하겠고 나마저 없

* **모년 모월 그 일** 경모궁이 뒤주에 갇혀 죽은 일.

으면 누가 어린 세손의 성공을 이끌겠는가. 참고 참아서 모진 목숨을 보전하고 하늘만 보며 울부짖었다.

아버지께서는 나라의 엄한 분부로 동대문 밖에 계시다가 사건이 끝난 후에 들어오시니 그 한없는 고통을 누가 감당할 수 있을까. 그날 정신을 잃었다가 겨우 깨어나셨다. 아버지께서도 어찌 세상을 살 마음이 있으셨을까마는 내 마음과 같아서 오로지 세손을 보호하실 마음으로 죽지 못하셨다. 이 깊은 마음을 누가 알겠는가.

그날 밤 나는 어린 세손을 데리고 친정으로 나왔다. 다급한 상황이야 천지가 알 것이니 어떻게 말로 다 나타낼 수 있을까.

영조께서는 아버지께 이렇게 명령하셨다.

"세손을 보호하라."

이 엄한 말씀은 임금의 깊은 은혜였다. 세손을 미리 타일러 조심시키니 내 슬픈 마음은 차마 둘 곳이 없었다.

남편인 경모궁을 장례 지내기 전에 선희궁께서 오셔서 나를 보시고 끝없는 원통함을 쏟아 내셨다. 늙은 선희궁께서 아들의 죽음을 슬퍼하고 안타까워함이 지나치시니 내가 도리어 큰 고통을 참고 위로해 드렸다.

"세손을 위해서 몸을 보전하십시오."

경모궁의 장례를 마친 후 대궐로 돌아가시니 외로운 나는 더욱 의지할 곳이 없었다. 8월이 되어 영조 임금을 뵈니 나의 슬픈 마음과 생각이 어떠했을까. 하지만 말씀을 드리지 못하고 다만 슬프게 울며 아뢰었다.

"어미와 자식이 살아 있는 것이 모두 성은*입니다."

그러자 영조께서 내 손을 잡고 우시면서 말씀하셨다.

"네가 이렇게 생각하는 줄 모르고 너 보기가 어려웠는데, 내 마음을 편하게 해 주니 진실로 아름답구나."

그 말씀을 들으니 내 심장이 더욱 답답하고, 모질게라도 살아남아야 한다는 생각이 강해졌다.

"세손을 경희궁으로 데려다가 가르치시기를 바라나이다."

"네가 아들까지 떠나보내고 견딜 성싶으냐?"

"떠나서 섭섭한 것은 작은 일이지만, 위를 모시고 배우는 것은 큰일이옵니다."

그러고는 경희궁으로 떠나보내려 하니 세손이 차마 나를 떠나지 못해 울음을 터트렸다. 내 마음이 칼로 베인 듯 아팠으나 꾹 참고 지냈다.

영조께서 은혜가 높으셔서 세손을 사랑하심이 지극하셨다. 선희궁께서는 아들에게 쏟았던 정을 세손께 옮기셔서 슬프신 마음을 달랬으나 스스로 아들을 죽게 했다는 죄책감을 떨치질 못하셨다.

---

* **성은** 임금의 큰 은혜.

주상은 네다섯 살 때부터 글 읽기를 좋아하셨으니 다른 궁궐에 가더라도 글공부를 게을리할까 하는 염려는 없었지만 어미 된 자로서 아들을 잠시도 잊을 수는 없었다. 세손도 어머니를 그리워하는 마음이 간절하여 새벽에 깨어 나에게 편지를 보내고, 공부하러 가기 전에 답장을 보고서야 마음을 놓았다.

내가 있는 집이 창경궁 경춘전 남쪽의 낮은 집이라 영조께서 그 집 이름을 '가효당'이라 하시고 현판*을 친히 써 주셨다. 내가 눈물을 흘리며 받고도 감히 감당하지 못해 불안해했더니 아버지께서 집안 편지에 늘 가효당이라는 이름을 써서 왕래하게 하셨다.

---

* **현판** 글자나 그림을 새겨서 문 위나 벽에 달아 놓은 판.

제2편

총명한 세자의
안타까운 어린 시절

1762년 사건은 일찍이 유례없는 일이다. 정조께서 1776년 즉위하기 전에 영조께 상소하셔서 그날의 기록들은 모두 사라졌다. 이는 정조의 지극한 효성이 나타난 것으로 무례한 자들이 그 기록을 함부로 보는 것을 원치 않으셨기 때문이다.

시간이 흐르고 과거의 역사를 제대로 기억하는 이들이 차츰 사라져 갔다. 이 틈을 타서 이익을 쫓고 화를 즐기는 무리들이 사실을 어지럽게 하고 뜬소문으로 사람들을 혼란스럽게 했다.

"경모궁은 병환이 없으신데 영조께서 신하들이 헐뜯는 말만 듣고 그런 처분을 하셨다."

"영조께서 뒤주를 사용할 생각을 미처 못 하셨는데 신하가 권하여 뒤주를 들여와 그런 끔찍한 일이 생겼다."

정조께서는 총명하시고 그때 열한 살 어린 나이였으나 모두 직접 보신 일이라 어찌 이런 말들에 속겠는가. 다만 부모님을 위한 일에 소홀하다고 비난받을까 염려하여 경모궁에 대한 일을 분명하게 밝히지 않으셨다.

그러나 지금 주상(순조)은 정조와 그 처지가 매우 다르다. 집안과 나라에 큰일이 있는데 그 자손이 모르는 것은 인정과 자연의 이치에 어긋나는 일이다. 마땅히 주상이 이 일을 알고자 하였으나 정조는 차마 자세히 말씀하지 못하셨다. 이제 늙은 내가 없어지면 궁중에서는 이 일을 제대로 아는 사람이 없을 것이다. 내가 전후 이야기를 기록하여 주상에게 보인 후에 글을 없애고자 했는데 차마 붓을 잡아 쓰지 못하고 날마다 미루다 지금에 이르렀다. 내가 첩첩이 쌓인 한 맺힌 일들을 주상이 모르게 하고 죽는 것은 참으로 인정이 아니라, 죽음을 참고 피눈물을 흘리며 이렇게 기록한다. 그러나 차마 쓰지 못한 것들도 많고, 자잘한 것들은 다 거두지 못하였다.

나는 영조 임금의 며느리로서 평소 각별히 사랑받았고 경모궁이 돌아가신 사건 때에도 죽지 않고 살아갈 수 있었으며 세손(정조)도 보호하는 은혜를 입었다. 그러니 경모궁의 아내로서 부자지간에 조금이라도 옳지 않은 말을 전한다면 천벌을 면치 못할 것이다.

바깥 사람들이 경모궁께서 돌아가신 사건을 이러니저러니 하는 것은 모두 허무맹랑한 이야기일 뿐이다. 이 기록을 보면 사건의 시작과 끝을 자세히 알게 될 것이다.

내가 1802년(순조 2년) 봄에 이 사건을 초안만 잡아 놓고 미처 보지 않았는데, 요사이 가순궁*도 자손에게 알게 하는 것이 옳다 하며 써내라 청하였다. 이제 마지못해 글을 써서 주상께 보이니 내 피맺힌 마음이 모두 이 기록에 있다. 한 글자 쓸 때마다 눈물이 흐르니, 세상에 나 같은 이가 또 어디 있으리오. 원통하고 또 억울할 뿐이다. – 을축년* 4월 어느 날

1728년 영조 임금의 맏아들이자 경모궁의 이복형인 효장 세자가 돌아가셨다. 이로 인해서 세자 자리가 오랫동안 비어 있어 영조께서 밤낮으로 근심하셨다. 그러다가 1735년 정월에 선희궁께서 경모궁을 낳으시니 영조께서는 물론 인원 왕후와 정성 왕후의 기쁨이 비할 데가 없었고 백성들도 모두 기뻐하며 춤을 추었다.

경모궁께서는 태어날 때부터 보통 사람들과 특별히 다른 점이 많았다. 넉 달 만에 걷기 시작하셨고 여섯 달 만에 영조께서 부르

---

* **가순궁** 정조의 후궁이며, 순조의 생모.
* **을축년** 1805년. 이해 1월에 순조의 증조할머니인 정순 왕후가 세상을 떠났다. 1800년에 순조가 11살의 어린 나이에 즉위하자 정순 왕후는 혜경궁 홍씨의 둘째 동생인 홍낙임을 죽게 하는 등 홍씨 집안을 핍박했다. 혜경궁 홍씨는 이 글을 써서 아버지와 형제 등의 억울함을 밝히려 했다.

시는데 대답하시고 일곱 달 만에 동서남북을 알아서 가리키셨다.
두 살 때에는 글자를 배워서 60여 자를 써 사람들을 놀라게 했다.

《천자문》을 배우시다가 '사치할 치(侈)' 자와 '부자 부(富)' 자에
이르자 '치' 자를 짚고 입으신 옷을 가리키시며, "이것이 사치라."
하셨다. 영조께서 어릴 때 쓰시던 감투 중에 칠보로 장식된 것이
있어서 쓰게 하니, "사치라." 하며 쓰지 않으셨다. 돌 때 입던 옷을
입으시라고 하니, "사치스러워서 남부끄러워 싫다." 하셨다.

세 살 어린 나이에 너무나 기이한 일이라 신하들이 시험 삼아
비단과 무명을 놓고 물었다.

"어느 것이 사치요, 어느 것이 사치 아니나이까?"

"비단, 이것은 사치라. 무명은 사치 아니라."

"그럼 어느 것으로 옷을 해서 입으시면 좋으리이까?"

그러자 경모궁이 무명을 가리키시며 대답하셨다.

"이것을 입어야 좋으리라."

이 일로 보아도 경모궁께서 탁월하신 줄 모두가 알 것이다.

경모궁께서는 체격이 커서 웅장해 보였고, 어려서부터 효를 깨달아 실천하였으며 우애를 알고 총명하셨다. 만일 부모님 곁을 떠나지 않게 하고 모든 일을 사랑으로 가르쳤다면 어질고 너그러운 마음으로 놀라울 만큼 뛰어난 일들을 성취하셨을 것이다.

그런데 일이 틀어지려는지 사정이 좋지 않았다. 아주 어릴 때부터 부모 곁을 떠나 멀리 떨어져 계시니 안타까운 일이었다. 이런 작은 일이 훗날 크게 되어 끝내는 병을 얻고 어려운 지경까지 이르러 불행한 일이 되었으니, 이 어찌 사람의 힘으로 막을 수 있었을까. 나의 지극한 원통함이야 어찌 헤아릴 수가 있겠는가.

영조께서는 왕세자가 없어 근심하다가 경모궁을 얻어 너무나 기뻐하셨다. 경모궁이 어릴 때부터 왕의 위엄을 갖추기를 바라셨다. 그런 까닭에 경모궁의 교육을 일찍부터 서두르시고 엄격하게 가르치려 하셨다.

경모궁은 나신 지 백 일 만에 탄생하신 집복헌을 떠나 왕세자가 머무는 저승전으로 옮겨졌다. 저승전 옆에는 왕세자가 공부하는 낙선당과 왕세자를 호위하고 공부를 돕는 여러 부속 건물이 딸려 있었다. 임금께서 경모궁을 일찍이 저승전으로 보내신 것은 어서 빨리 동궁의 주인이 되기를 바라는 뜻이었다. 저승전에서 경모궁은 생모이신 선희궁과 떨어져 오로지 보모에게만 맡겨졌다.

저승전은 영조께서 머무는 곳과 생모이신 선희궁의 처소인 창경궁 집복헌과는 멀리 떨어져 있어서 경모궁은 어린 시절 부모님의 애틋한 사랑을 제대로 받지 못하셨다. 당시 영조 임금과 선희궁께서 자주 찾아오셔서 머무시는 때도 많았으나 어찌 한집에서 아침저녁으로 가르치며 기르는 것과 같겠는가. 경모궁께서는 아침저녁으로 내시들과 궁녀들만 볼 수밖에 없었다. 이들과 주고받는 말도 떠도는 잡담뿐이어서 처음부터 그릇된 일이었다. 어찌 서럽고 원통하지 않으리오.

경모궁께서 어려서부터 자질이 뛰어나고 행동에 법도가 있어서 상스럽지 않으셨으니 뵙는 사람들마다 임금을 모신 것과 다르지 않다고 할 정도였다. 만약 부모 곁을 떠나지 않고 왕위에 계신 아버지께서 나라를 다스리는 틈틈이 학문과 정치를 몸으로 가르쳐 주시고, 어머니인 선희궁께서 모든 일을 가르치셨다면 뛰어난 성품을 지닌 경모궁께서 어찌 이런 참담한 지경에 이르렀겠는가.

슬프고 애달픈 것은, 첫째가 어린 경모궁을 저승전에 멀리 두신 것이요, 둘째가 괴이한 궁녀들을 들여오신 일이었다. 이것은 하찮은 여인네의 잔소리가 아니라 사실에 기초하여 기록한 것이다.

본래 저승전은 경종의 계비이신 어 대비가 머물던 곳으로 1730년 어 대비께서 돌아가셔서 쓸쓸하게 비어 있은 지 오래되었다. 또 저승전 곁에 있는 취선당은 숙종의 후궁인 장 희빈이 인현 왕후를 저주하던 곳이다. 포대기에 싸인 아기를 이렇게 황폐하고 쓸쓸한 곳에 홀로 두셨으니 어찌 이상한 일이 아니겠는가.

또한 영조께서는 어 대비 때 일하던 궁녀들을 모두 내보냈다가 다시 불러 모아 경모궁의 궁녀로 삼으셨다. 그런데 이 궁녀들은 억척스럽고 냉정하기가 이를 데 없었다. 영조께서는 당파를 멀리하고 탕평*을 추구하셨던 분이어서 화합의 정신으로 다시 궁녀로 삼았겠지만 하찮은 궁녀들이 어찌 그런 깊은 뜻을 헤아릴 수 있었을까. 이처럼 지극히 작은 일이 큰 탈이 되었으니 어찌 한스럽지 않을까.

영조께서는 경모궁의 처소가 비록 멀리 떨어져 있지만 자주 오셔서 함께 주무시니 여느 집 같았으면 어찌 털끝만큼이라도 틈이 생길 수가 있을까. 그러나 나라의 일이 잘못되려고 그러는지 보이지 않는 작은 일에 영조께서 한 번, 두 번 화를 내시기 시작했다.

* **탕평** 조선 영조 때에, 각 당파에서 고르게 인재를 등용하던 정책.

그 후로는 차차 경모궁의 처소에 머무는 일이 줄어들었다.

경모궁은 이제 막 자라는 아기여서 한때만 가르치지 않고 꾸준히 가르쳐야만 했다. 또한 잘못된 것을 그냥 방치하면 나쁜 길로 빠지기 쉬우니 자주 보며 가르쳐야 했는데, 영조께서 경모궁을 안 보실 때가 많으니 어찌 탈이 나지 않을 수 있을까.

경모궁의 보모 최 상궁은 잡념이 없고 의지가 굳세어 충성심은 있으나 성품이 과격하고 시기심이 많은 사람이었다. 그 밑의 한 상궁도 수단이 좋고 간사스러우며 진실하지 않은 인물이었다. 비록 경모궁의 궁녀가 되었으나 본래는 어 대비의 궁녀여서 영조 임금과 경모궁께 극진한 정성이 있을 리 없었다.

더군다나 이런 천한 궁녀들이 경모궁의 생모이신 선희궁께서 존귀하신 줄도 모르고 업신여겼다. 오래전 선희궁께서 지위가 낮을 때만 생각한 것이었다. 천한 궁녀들은 선희궁께 말과 행동도 공손하지 않았으며 심지어 헐뜯기도 하였다. 영조께서도 경모궁께 가고 싶으셨으나 궁녀들이 꼴 보기가 싫어서 자연히 뜸하게 가셨다. 그 궁녀들을 곧바로 내쫓지 않으시고 경모궁을 맡겨 두셨으니 어찌 답답한 일이 아니겠는가.

경모궁은 점점 자라면서 놀고 싶은 마음이 생겼는데 이는 어린 아이들에게 지극히 정상적인 일이다. 많이 가르쳐야 할 때에 영조께서 드물게 오시자 그 틈을 타서 한 상궁이 최 상궁에게 말했다.

"사람들마다 충고를 한다고 듣기 싫은 말만 하니 동궁께서 마음이 울적하실 것입니다. 최 상궁은 옳은 도리로 잘 인도하고 나는 잠시 노실 때도 있게 해서 울적한 마음을 풀어 드리는 것이 좋겠습니다."

한 상궁은 손재주가 있어서 나무와 종이로 큰 칼과 활, 화살을 만들었다. 그리고 자신이 경모궁을 시중들 때는 어린 궁녀들을 문 뒤에 세워 두었다가 그 아이들로 하여금 장난감 무기를 갖고 경모궁과 놀게 하였다. 맹자 어머니는 맹자를 위하여 세 번을 이사하였다. 성인의 자질을 가졌던 맹자께서도 주위의 영향을 많이 받는데, 어찌 경모궁께서 병정놀이에 혹하지 않으며 놀고 싶지 않으리오.

경모궁께서는 그렇게 한참을 놀기에 정신이 팔렸다가도 영조께서 와 보시고 행여 꾸중이나 하실까 염려하기 시작하셨다. 부모를 뵙던 마음이 달라지니 자연스레 어렵고 두려운 마음이 생겨났다. 어머니께서도 아실까 봐 겁을 내어 선희궁 궁녀가 찾아와도 꺼리는 일마저 생겼다. 이제 막 배우고 한창 익힐 나이에 불길한 무기에 빠져 노시게 하여 그 때문에 훗날 말 못 할 지경에 이르렀으니, 한 상궁이 얼마나 흉악한 일을 벌인 것인가.

그렇게 3, 4년 흐른 뒤, 경모궁이 일곱 살이 되던 1741년에 마침내 영조께서 한 상궁의 심술을 눈치채셨다. 한 상궁을 궁에서 내쫓았으며 다른 궁녀들에게도 벌을 내리니 지극히 옳은 처분이셨

다. 아아, 그때라도 저승전의 궁녀들을 모두 내보내고 친히 경모궁을 옆에 두고 가르치셨으면, 효심이 가득한 경모궁께서 어찌 따르지 않으셨을까. 안타깝게도 영조께서는 다른 궁녀들은 내버려 두니 어른의 보살핌 없이 경모궁께서 무엇을 배우셨을까. 매일 보는 것이 궁녀와 내시뿐이니 배우는 게 무엇이 있으리오.

이러는 동안 부자지간에 특별한 일이 있었던 것은 아니었지만 아드님은 아버님을 두려워해서 원망하는 마음이 생겼고, 아버님은 아드님이 어떻게 자라는지 혹 당신 마음과 다르지는 않을까 하는 걱정이 생기셨다.

부자는 서로 성품이 달라서 영조께서는 지혜가 뛰어나고 사리와 도리에 밝으셨고, 경모궁께서는 말이 없고 날랜 편은 아니었으나 너그럽고 어진 도량과 재능을 갖추셨다. 성품이 이처럼 다르니 경모궁께서 하시는 모든 일이 영조 임금의 마음에 들 수가 없었다.

경모궁께서는 평소에 영조께서 간단히 물으시는 말씀에도 곧 대답하지 못하고 머뭇거리셨다. 나랏일에 대해 의견을 구하실 때도 자기 의견이 없는 것은 아니었지만, '이리 대답하면 어찌 될까? 저리 대답하면 어찌 될까?' 눈치를 보느라 제때 대답하지 못하셨다. 그래서 영조께서도 늘 갑갑하게 여기셨는데 이런 것도 큰 사건의 원인이 되었을 것이다.

아무리 지위가 높을지라도 아이는 부모를 모시고 가르침을 받아, 부모와 자식 사이에 스스럼이 없고 허물이 없어야 한다. 그런데 경모궁께서는 포대기 시절부터 부모를 떠나 하찮은 궁녀들과 어울려 자랐다. 이들은 아이가 스스로 해야 할 일까지 전부 시중을 들어 길렀다. 심지어는 옷고름, 대님 매는 것까지 모두 시중을 드니 경모궁께서는 어릴 때부터 모든 일을 남에게 맡기고 너무 편하게만 지내셨다.

스승과 공부를 시작하실 즈음에 경모궁께서는 점잖고 씩씩하셨다. 책 읽는 소리도 맑고 크고 글 뜻을 제대로 아시니 뵙는 사람마다 훌륭하다 칭찬하여 궁 밖으로까지 이름이 많이 전해지고는 했다. 그러나 애달픈 것은 부왕이신 영조 임금을 모시고는 두렵고 어려워서 응대를 민첩하게 하지 못하시니, 영조께서는 계속 답답해하시다가 결국 크게 화를 내셨다. 이럴수록 경모궁을 가깝게 두시고 친히 가르칠 방법을 찾으셔야 했는데, 항상 떼어 두고서 스스로 잘되어 임금의 뜻에 맞기를 기다리시니 어떻게 탈이 나지 않겠는가.

그리하여 부자 사이가 점점 서먹서먹해졌고 서로 보실 때에도 영조께서는 사랑보다 나무라는 것이 앞섰다. 경모궁께서도 아버지를 한 번 뵙는 것도 조심스럽고 두려워 무슨 큰일을 치르는 것같이 말을 하지 않으셨다. 부자 사이가 자연히 멀어지게 되었으니 어찌 서럽지 않으리오.

경모궁은 두 살 때인 1736년 3월에 세자에 책봉*되시고, 일곱 살인 1741년부터 서연*을 열어 본격적으로 공부를 시작하셨다. 이어서 1742년에 종묘에 참배하시고, 3월에는 성균관에 입학하셨으니 당시 경모궁의 거룩한 자질을 칭찬하지 않는 이가 없었다. 1743년 3월에는 어른이 되는 관례를 지내시고 1744년 정월에는 혼례를 올리셨다.

내가 궁궐에 들어와 보니 왕가의 법도가 엄하여 털끝만큼도 개인적인 감정을 드러낼 수가 없었다. 두렵고 조심스러워 한 번도 마음을 놓지 못했다. 왕세자이신 경모궁께서도 아버지 영조 임금을 뵐 때 친근함보다는 두려움이 앞섰다. 아직 열 살밖에 안 된 어린 아이였지만 아버지 앞에 감히 마주 앉지도 못하시고 신하들처럼 몸을 옹송그리고 엎드려 뵈었으니 지나친 게 아닌가 생각되었다.

그러던 중에 1745년 경모궁이 열한 살 되던 해에 노시는 모습이 어찌나 야단스러운지 예사롭지 않았다. 마치 몹쓸 병환이 든 것만 같았다. 궁녀들이 저희들끼리 모여 수군거리며 염려하는 듯했는데, 그해 9월에 병환이 대단히 들어서 증세에 차도가 없으니 어찌할 바를 몰랐다.

* **책봉** 임금이 왕비나 왕세자 등의 지위를 내려 주는 것.
* **서연** 세자를 위한 강의.

증세가 갈수록 심해지는 까닭에 점을 쳤는데 점쟁이의 말이 저승전에 있는 귀신의 농간이라 하여 신령께 제사를 지내고 불경을 읽히며 달래었다. 하지만 경모궁은 낫질 않으셨다. 결국 경모궁께서는 저승전을 떠나 융경헌으로 옮기셨고 나는 집복헌으로 가서 선희궁을 모시며 지냈다. 그러다 1746년 정월에 경모궁과 내가 모두 경춘전으로 옮겨 가니 그때가 열두 살이셨다. 경춘전은 화평 옹주의 거처인 연경당은 물론 선희궁 거처인 집복헌에서도 가까워 선희궁께서 자주 찾아오셨고, 어질고 공손한 화평 옹주께서도 경모궁을 귀히 여기고 친절히 대하셨다.

영조께서는 화평 옹주를 무척 아끼고 사랑하셔서 그 덕으로 경모궁께서 아버지를 두려워하는 마음이 점점 나아지셨다. 만약 화평 옹주께서 오래 사셨다면 그 유익함이 얼마나 컸으랴.

1747년에 창덕궁 회랑에서 갑자기 불이 났다. 이 일로 영조께서는 경희궁으로 옮기셨다. 경모궁은 즙희당에서, 선희궁은 양덕당, 화평 옹주는 일녕헌에서 지내었는데 집 사이가 너무 멀어서 만나기가 드물어졌다. 그때부터 경모궁의 놀이가 다시 시작되었다.

1748년 6월 화평 옹주께서 돌아가시는 큰일이 생겼다. 영조께서는 귀하게 여기던 따님을 잃고 그 슬픔으로 몸이 상할 정도였다. 선희궁의 슬픔도 마찬가지여서 두 분은 아드님을 미처 돌보지 못하셨다.

그사이 경모궁께서는 꺼릴 것 없이 마음껏 지내었는데 세상만사 안 해 보시는 일이 없었다. 활쏘기, 칼 쓰기, 재주 부리기 등을 다 잘하셨고, 그림을 그리며 하루를 보내시기도 했다. 또한 잡서를 좋아했으며, 궁궐을 드나드는 점쟁이에게 주문을 써 오라 해서 이를 외우시니 어찌 학문을 닦고 공부를 할 수 있었을까.

영조께서 경모궁을 가까이 두실 때에는 학문에 힘쓰고 부자 사이에 틈이 없으며 놀지도 않으신 것을 알 수가 있다. 반면에 멀리 떨어지면 도로 놀고 공부를 멀리하면서 부자 사이도 서먹해졌다. 만일 경모궁이 부모님 손에서 컸더라면 어찌 그 지경까지 되었을까. 이 일만 생각해도 서럽다.

웬일인지 영조께서는 아드님을 조용히 친근하게 앉히고 진정으로 가르치는 일이 없으셨다. 아드님 교육을 모두 남에게만 맡겨 버린 채 직접 깨우치는 데에는 뜻이 없으셨다. 그러다가 항상 신하들을 비롯해서 남들이 모일 때에 경모궁을 흉보듯이 말씀하셨다.

한번은 영조께서 인원 왕후와 여러 옹주, 그리고 사위들이 모였을 때 궁녀를 시켜 세자가 가지고 노는 것을 가져오라고 하셨다. 그리고는 그것을 여러 사람들이 보게 하여 경모궁을 무안하게 하셨다.

공부도 여러 신하가 많이 모인 때에 굳이 부르셔서 글 뜻을 묻고 세자가 제대로 대답하지 못하면 다그치시곤 했다. 경모궁께서 부왕 앞에서는 아는 것도 주뼛주뼛하시는데, 여럿이 모인 데서 잘 대답할 수 없는 것까지 캐어서 물어보시니 더욱 두렵고 겁이 나서 답을 못 하셨다. 그러면 또 영조께서는 남이 보는 데서 꾸중하시고 흉도 보셨다. 그런 일이 한두 번에 그쳤다면 경모궁도 원망하는 마음이 없었을 텐데 여러 번 그러하니 마침내 천성을 잃으시기에 이르렀다. 이런 원통한 일이 또 어디 있을까.

화평 옹주께서 계실 때는 경모궁 편을 들어서 하는 일마다 영조께 이해를 시키고 풀어 드린 일이 무척 많았다. 그러나 옹주께서 돌아가신 후로 영조께서 지나친 일을 하시거나 사랑이 부족해도 누구 하나 말리는 이가 없었다. 그런 까닭에 아버지의 사랑은 부족해지고 아드님의 두려움은 날로 심해져서 자식의 도리를 더욱 못 갖추게 되었다. 화평 옹주께서 살아 계셨더라면 부자간에 사이를 좋게 해 드렸을 텐데 착하신 옹주가 일찍 세상을 떠난 것이 국가의 운명과 관계가 없을까. 지금 생각해 보니 옹주 돌아가신 일이 무척 안타깝다.

·

사랑하는 사람이 있는 집에 사랑하지 않는 사람이

함께 있지 못하게 하시고,

사랑하는 사람이 다니는 길을

사랑하지 않는 사람이 다니지 못하게 하셨다.

·

사랑하는 자식과
사랑하지 않는 자식

    1749년 경모궁이 열다섯 살이 되어, 1월 22일에 내 관례를 올리고 27일에 신랑 신부가 첫날밤을 같이하는 합례를 하기로 정하였다.

    늦게 얻은 자식이 열다섯 살이 되어 합례를 하니 흐뭇하고 오붓하게 즐거움을 누리시면 될 것을, 영조께서는 갑자기 경모궁께 나랏일을 대신 보라는 명령(대리청정)을 내리셨다. 그날은 내 관례 날이었다. 경모궁께서 나랏일을 대신 보시며 모든 일에 잘못이 생기니 어찌 서럽지 않으리오.

    그때 영조께서는 화평 옹주가 돌아가신 후로 슬픔이 심하고 병환도 자주 들어서 몸을 쉬려고 경모궁에게 나랏일을 보게 한다고 하셨다. 하지만 이는 겉으로 드러난 이유였을 뿐이다. 사실은 궁 안에 들이기 어렵거나 꺼리는 일들을 내관에게 맡기기가 답답하셔서 경모궁께 맡기시려는 뜻이었다.

영조께서는 뛰어난 왕이셨다. 다만 크고 작은 어려움을 많이 겪으셨다. 즉위하기 전에는 줄곧 신변에 위협을 느끼셨고, 즉위 후에는 이인좌의 난을 겪으셨다. 지나치게 신경을 쓰는 일이 많아서 마치 병환이 나신 것 같았다.

말씀도 가려 쓰셨는데, '죽을 사(死)' 자나 '돌아갈 귀(歸)' 자는 꺼려서 안 쓰셨다. 또 아침 회의 때나 밖에 나가서 일을 보시면 입으셨던 옷을 반드시 갈아입으신 후에 들어오셨다. 또한 불길한 말을 하거나 들으면 양치질을 하고 귀를 씻은 뒤 사람을 불러서 한마디라도 말씀을 건넨 다음에야 들어오셨다.

좋은 일과 좋지 않은 일을 할 때 출입하는 문이 다르고, 사랑하는 사람이 있는 집에 사랑하지 않는 사람이 함께 있지 못하게 하시고, 사랑하는 사람이 다니는 길을 사랑하지 않는 사람이 다니지 못하게 하셨다. 이처럼 사랑과 미움을 드러내심이 감히 헤아리기 어려울 정도로 분명하셨다.

경모궁이 국가의 일을 대신해서 보기 전에도 사형 죄인을 심사하는 일이나 죄인을 직접 심문하는 친국 등 대궐에서 불길한 일이 있을 때는 영조께서 경모궁을 불러 옆에서 보게 했다. 화평 옹주와 화완 옹주 방에 들어가실 때에는 옷을 갈아입으셨지만 경모궁의 거처에 들어가실 때는 그러지 않으셨다. 밖에서 입던 옷 그대로 경모궁을 불러, "밥 먹었느냐?" 물으셨다. 경모궁이 대답하면 그 자리에서 귀를 씻고, 그 물을 당신이 사랑하지 않는 화협 옹주의 거처 쪽으로 버리셨다.

경모궁께서 화협 옹주를 만나면, "우리 남매는 귀를 씻을 준비 물이로다." 하고 웃으셨다. 선희궁께서는 임금께서 자식들을 고르지 않게 사랑하는 것을 슬퍼하셨으나 어쩔 도리가 없었다.

경모궁께서 대리청정을 맡은 후 공적인 일들은 내관들을 데리고 하셨다. 한 달에 여섯 번 있는 조정 회의 중 세 번은 영조 임금과 경모궁께서 함께하시고, 남은 세 번은 경모궁께서 혼자 하셨다. 그런데 그때마다 순탄치 않고 모든 일에 탈이 많았다. 혹 상소 중에 다른 당파를 공격하거나 남을 비난하는 내용이 올라오면 경모궁께서는 제대로 결정을 내리지 못하셨다. 그러면 영조께서는 "그만한 일을 결단치 못하고 나를 번거롭게 하다니 대리시킨 보람이 없다." 하시며 꾸중하셨다. 그러나 경모궁께서 임금께 아뢰지 않으면 "그런 일은 알리지 않고 왜 혼자 결정했느냐." 하고 꾸중하셨다.

이처럼 저리한 일은 이리하지 않았다 꾸중하시고 이리한 일은 저리하지 않았다고 꾸중하시니, 이 일, 저 일 모두 마땅하게 여기지 않으셨다.

심지어 백성이 얼어 죽거나 굶주려 죽고 가뭄이나 장마가 들 때에도 "세자에게 덕이 없어서 이렇다." 하고 꾸중하셨다. 그러자 경모궁께서는 날이 흐리거나 겨울에 천둥이 치기만 해도 꾸중을 들을까 봐 근심 걱정을 하며 겁을 내시더니 마침내 병환이 날 징조가 나타나기 시작했다. 그러나 영조께서는 소중한 왕세자께 이런 병환이 생기는 줄 전혀 깨닫지 못하시니 어찌 슬프지 않겠는가.

한 번 꾸중에 놀라시고 두 번 꾸중에 겁을 내시니 아무리 우람하고 훌륭한 인품을 지녔다 한들 한 가지 일이라도 자유롭게 하실 수가 있을까? 영조께서는 호화로운 행사를 구경 가실 때는 아드님을 부르시지 않다가 동지섣달에 죄인을 심문할 때에나 옆에 불러 앉히니 어찌 마음이 서럽지 않겠는가.

설사 부왕께서 과하게 하더라도 아드님이 계속 효도에 힘쓰고, 아드님이 혹 못 미더워도 부왕께서 갈수록 사랑을 드리우시면 될 것인데, 아무 까닭 없이 일이 이 지경이 되었다. 이것이 다 하늘의 뜻이고 나라의 운명이라. 사람의 힘으로 어찌할 수 없는 일이었다.

경모궁께서 열다섯 살이 되도록 조상의 능원* 참배에 한 번도 따라가지 못하셨다. 경모궁께서 자라면서 자연스럽게 교외 구경을

---

* **능원** 왕이나 왕비의 무덤인 능과 왕세자 같은 왕족의 무덤인 원을 통틀어 이르는 말.

하고 싶었지만 항상 궐내에서만 움직이셨다. 예조에서 임금의 행차 때에 '동궁도 따라가게 하소서.'라고 말씀을 아뢰면 경모궁께서는 이번에는 따라갈까 마음을 조이셨다가 번번이 가지 못하니, 서운하고 섭섭한 마음이 화가 되어 우실 때도 있었다.

경모궁께서 본래 정성은 가득했지만, 민첩하지 못한 까닭에 그 정성을 드러내지 못하셨다. 영조께서는 그것을 제대로 알지 못하시고 매번 불쾌한 말과 얼굴빛을 하시니 경모궁께서는 한 번도 용서를 받지 못하셨다. 이렇게 되자 점점 두렵고 무서운 것이 병환이 되었다. 화가 나면 풀 데가 없어 그 화를 궁녀나 내시에게 푸시고 심지어 나에게까지 푸시는 일이 몇 번이었는지 알 수가 없다.

1750년 8월에 내가 큰아들 의소를 낳으니 영조께서 어찌 기쁘지 아니하리오. 그러나 그해가 돌아가신 화평 옹주의 삼년상이 끝나는 때였다. 화평 옹주께서는 아이를 낳다가 돌아가셨는데 영조께서는 이를 너무나 가엾고 안타깝게 여기셨다. 나는 순조롭게 아이를 낳았으니 기쁘신 중에도 화평 옹주가 순산하지 못한 것이 떠오르셨을 것이다. 손자를 얻으신 기쁨보다 화평 옹주를 잃은 슬픔이 더 크셨던 것이다.

그런 까닭에 영조께서는 경모궁께 '네가 어느새 자식을 얻었구나.' 이 한마디를 아니 하셨다. 평소 영조께서 나만 분에 넘치도록 어여삐 여기시니 은혜에 감격해하면서도 늘 불안하고 조심스러웠다. 그런데 의소를 낳았을 때는 '네가 순산하여 사내아이를 낳으니 기특하다.' 이 한마디를 하지 않으셔서 젊은 나이에 사내아이를 낳은 기쁨도 모른 채 도리어 두려움이 컸다.

선희궁께서도 먼저 돌아가신 옹주 생각에 어찌 슬프지 않겠느냐마는 내가 아들을 낳은 것을 나라의 큰 기쁨으로 여기시고 7일 동안 나와 아들을 돌보셨다. 그러자 영조께서 "선희궁은 죽은 딸의 삼년상이 채 끝나기도 전에 딸이 죽은 것은 잊고 손자가 태어난 것만 좋아하니 인정이 박하다." 하시며 불쾌히 여기셨다. 선희궁은 다만 웃으시며 임금께서 마음이 한쪽으로 치우쳤음을 탄식하셨다.

경모궁께서는 일찍 철이 든 어른 같아서 아들이 생겨 나라의 기초와 근본이 굳어졌다며 기뻐하셨다. 다만 영조께서 덜 기뻐하시는 것은 감히 어떻다고 말씀을 못 하셨다. 그러나 마음속으로 슬퍼하시며 "나 하나도 어려운데 아이가 태어났으니 이 아이는 어떠할까?" 하시니, 내가 그 말씀 듣기가 심히 슬펐다.

아래 일은 차마 쓰고 싶지 않지만 마지못해 쓴다.

내가 의소를 임신했을 때 돌아가신 화평 옹주께서 꿈에 자주 보였다. 내 방에 들어와서 옆에 앉기도 하고 웃기도 하니 내가 이상하게 여기지 않을 수가 없었다.

그런데 의소를 낳고 씻길 때 보니 어깨에 푸른 점이 있고 배에 붉은 점이 있었다. 그해 9월 11일 영조께서 선희궁과 함께 오셔서 한편으로 슬프고 한편으로 기쁜 표정으로 갑자기 자는 아이의 깃을 풀고 벗겨 보셨다. 과연 몸에 점이 있으니 몹시 슬퍼하시며 분명히 옹주가 다시 태어난 줄로 믿으셨다.

그날부터 아이를 갑자기 귀중히 여기시고 화평 옹주를 사랑하듯이 의소를 사랑하셨다. 의소가 태어난 지 백 일 후에는 아랫사람을 만나 보시던 환경전을 수리해서 그곳으로 아이를 옮기게 하고 아주 귀중하게 여기셨다.

혹시나 아이로 인해서 영조께서 경모궁께 좋은 마음을 지니실까 간절히 바랐으나, 화평 옹주가 환생한 것으로 여기시고 사랑하실 뿐이었다. 겨우 열 달 된 아이를 세손으로 지명하신 것도 아끼는 마음이 과하신 때문이었다. 그러나 1752년 봄에 아이를 잃으니 영조께서 무척 애통해하셨다.

안타까움도 잠시였다. 하늘과 조상이 도와서 1751년 12월에 내가 다시 임신하여 1752년 9월에 아들을 또 낳으니 그가 곧 훗날 정조 임금이다. 정조께서는 인물이 우뚝 빛나시고 골격이 준수하니 진실로 하늘에서 내린 참된 사람이었다. 임신하기 한 달 전인 11월에 경모궁께서 주무시다가 일어나서서 말씀하셨다.

"용꿈을 꾸었으니 귀한 아기를 낳을 징조다."

그리고 비단 한 폭을 내라 하시어 그 밤에 손수 꿈에 보신 용을 그려 침실 벽에 붙이시니 성군이 탄생할 때 어찌 기이한 징조가 없겠는가.

영조께서 의소를 잃고 애달파하시다가 또다시 세손을 얻어 기뻐하시며 나에게 말씀하셨다.

"원손이 아주 뛰어나니 조상님들이 내려 주신 것이다. 네가 정명 공주의 자손으로 나라의 빈이 되어 네 몸에 이런 경사가 또 있으니 나라에 공이 크도다. 아이를 잘 기르되 검소하고 수수하게 기르는 것이 복을 아끼는 도리다."

내가 이 말씀을 듣고 은혜를 뼈에 새기니 어찌 그대로 받들어 지키지 않겠는가.

경모궁께서 기뻐하심은 이루 말할 수 없었고 온 나라의 백성이 즐거워했던 것은 의소를 낳았을 때보다 백배나 더하였다. 우리 부모님께서도 무척 기뻐하셨다.

그해 10월 홍역이 크게 유행하여 화협 옹주가 먼저 앓으니 경모궁께서 양정합으로 피해 가시고 원손은 낙선당으로 옮기셨다. 아기는 태어난 지 삼칠일도 안 되었지만 몸집이 커서 먼 곳으로 옮겨 가도 염려스럽지 않았다. 얼마 지나지 않아서 경모궁께서도 붉은 반점을 보이며 홍역에 걸리셨다. 경모궁께서 나아지실 무렵에는 내가 또 홍역에 걸렸고 원손도 앓게 되었다. 다행히 아기의 증상이 약했지만 선희궁께서는 내가 마음을 쓸까 염려하여 말씀하지 않아서 나는 아무것도 모르고 지냈다.

화협 옹주는 홍역 끝에 마침내 돌아가셨다. 경모궁께서는 항상 그 누님의 처지가 당신과 같으심을 불쌍히 여기셔서 우애가 각별하였다. 옹주의 병환 중에는 아랫것들에게 늘 안부를 물으셨는데 돌아가신 것을 아시고 슬픔을 이기지 못하셨다. 이런 일로 봐서도 경모궁께서 본래 천성이 착하심을 알 수 있다.

그해 12월 홍준해의 상소로 영조께서 대단히 노하셔서, 세자에게 왕위를 물려주겠다는 명령을 내리셨다. 경모궁께서는 부왕의 갑작스러운 명령에 놀라서 이를 말리고자 한겨울 추위에 며칠을 엎드려 죄를 빌었다.

그때 경모궁은 홍역을 겨우 이겨 낸 후였지만, 심한 추위에도 불구하고 눈 속에서 큰 벌을 기다리셨다. 눈이 쌓여 엎드리신 것을 분간치 못할 정도이나 몸을 움직이지 않으셨다. 인원 왕후께서 그만 일어나라 하셔도 듣지 않으시다가 영조께서 지나친 노염을 진정한 후에야 일어나시니 타고난 성품이 진실함을 알 수 있다.

하지만 그 후에도 영조 임금의 노기는 그치지 않으셨다. 그달 15일에는 창의궁*에 가셔서 인원 왕후께 왕위에서 물러나겠다고 말씀하셨다. 그런데 인원 왕후께서 귀가 어두워 잘못 들으시고 그

* **창의궁** 영조가 왕위에 오르기 전에 살던 집.

리하라고 대답하셨다.

영조께서는 "어마마마의 허락을 얻었다." 하시며 왕의 자리를 물려주겠다고 하셨다. 그때 경모궁께서 당황하여 어쩔 줄 몰라 하는 마음이 어떻겠는가. 조금도 망설이지 않고 춘방관*들을 불러 상소를 쓰게 하시니 이때 춘방 관원들이 나와서 함께 탄식하였다.

영조께서 창의궁에 오래 머무르시며 궁궐로 돌아가지 않으시니 인원 왕후께서 말씀하셨다.

"내가 가는귀가 먹어서 대답 한마디 잘못한 것으로 나라에 큰 죄를 지었다."

그리고 영조께 편지를 보내서 궁으로 돌아갈 것을 청하셨다.

경모궁은 궁궐 뜰의 얼음 위에 짚자리를 깔고 엎드려 대죄하시다가 창의궁까지 걸어가서 또 짚자리를 깔고 엎드려서 대죄하셨다. 심지어 자책의 뜻으로 돌에 머리를 부딪치셔서 망건이 다 부서지고 이마가 상해 피가 났으니, 이런 일은 일부러 꾸민 것이 아니라 천성적으로 효성이 지극했기 때문이다. 이런 와중에도 영조께서 꾸중을 하셨으나 경모궁께서는 공손히 엎드려 도리를 다하시어 당시에 처신을 잘하였다고 명성을 얻으셨다.

그때 영조께서 "2품 이상을 다 귀양 보내라." 명령하시니, 친정

---

* **춘방관** 조선 시대에, 왕세자의 교육을 맡아보던 관리.

아버지도 그중에 드셨다. 그러나 임금의 명령서가 내려오지 않아 유배지로 떠나지 않고 성문 밖에서 기다리고 계셨다. 그곳에서 앞으로 경모궁이 처신하실 일에 대해 애를 태우며 의논하셨는데, 그 의논한 편지가 몇 장인지 알 수가 없었다. 그 편지를 모아 두었는데, 훗날 원손(정조)이 자란 뒤에 보시고 아버지의 지극한 충성을 감탄하시며 두고 보겠다고 친히 간직하셨다.

며칠 후 영조께서 궁으로 돌아오셔서 여러 신하를 다시 임명하시고 친히 나라의 일을 돌보셨다. 그때 아버지께서 들어오셔서 경모궁의 머리 상한 데를 어루만지며 눈물을 짓고 그사이의 일을 말씀하시던 것이 지금도 눈앞에서 보는 듯하다.

경모궁께서는 병환이 도지지 않을 때는 거룩하심이 부족한 게 없으시다가 병환이 도지면 딴사람 같으시니 어찌 이상하고 슬프지 않겠는가.

●

영조께서 경모궁을 따뜻하게 다독이시고

조금 견디실 만큼만 엄하게 하셨더라면

어찌 이 지경에 이르렀겠는가.

●

슬프고 원통하여
병이 되다

경모궁께서는 늘 점을 보는 책이나 잡스러운 책을 심하게 보셨
는데, "《옥추경》을 읽고 공부를 하면 귀신을 부린다 하니 읽어 보
자." 하시며 밤마다 읽고 공부하셨다. 그러더니 깊은 밤에 정신이
아득해서, "뇌성보화천존(雷聲普化天尊)이 보인다." 하고 무서워하시
며 병환이 깊이 드시니 원통하고 슬프다.

십여 세 때부터 병환이 생겨 음식 잡수시는 것이나 다른 행동들
이 예사롭지 않더니 《옥추경》을 읽은 후로는 아주 기질까지 바뀌
어 자주 무서워하셨다. 심지어 단오 때는 옥추단*도 무서워서 차

---

* **옥추단** 단오에 임금이 신하에게 나누어 주던 구급약. 오색실에 꿰어 차고 다니면 재앙을 물리칠
수 있다고 함.

지 못하고, 그 후에는 하늘을 대단히 무서워하시고 '우레 뢰(雷)', '벽력 벽(霹)' 같은 글자는 보지도 못하셨다. 천둥이 칠 때면 귀를 막고 엎드려서 그친 후에 일어나시니, 이런 일을 영조께서 어찌 아시리오.

1752년 겨울에 그 증세가 나타나서 1753년에는 깜짝깜짝 놀라는 경계증을 자주 보이시고, 1754년에도 그 증세가 때때로 나타나서 고질병이 되었다. 그저 《옥추경》이 원수다.

1753년 경모궁께서 양제*를 가까이하시더니 자식이 생겼다. 경모궁께서는 영조 임금의 꾸중을 들을까 두려워 낙태시키려 하셨으나 그 괴이한 것이 화근이 되려는지 생명을 보전해서 1754년 2월에 인이 태어났다. 영조께서는 평상시에도 꾸중이 많으시더니 그때는 한 달이 넘도록 엄한 명령이 그치지 않아서 경모궁께서는 날마다 두려워 움츠리셨다. 아버지께서 경모궁이 꾸지람받는 일이 안타까워 영조께 아뢰어 마침내 화를 풀게 하셨다.

내 본성이 사납지가 않아 궁궐 안에서 투기라는 것이 없었는데 선희궁께서는 처음부터 그런 일에 신경 쓰지 말라고 말씀하셨다. 게다가 경모궁께서도 인의 어미를 총애하지 않고 만삭이 되어도 돌보지 않으니 질투할 이유가 없었다. 그런데 경모궁께서는 한

* **양제** 세자의 후궁.

때 양제를 가까이했지만 정작 아이가 생기니 꾸중을 들으실까 겁을 내어 돌아보시는 일이 없고, 선희궁께서도 아는 체를 않으시니 나까지 그들을 돌아보지 않으면 곤란해질 것 같아 할 수 있는 일들을 다 보살펴 주었다. 그랬더니 영조께서 "남편의 사랑을 받으려고 남들이 다 하는 투기도 아니 하는구나." 하시며 꾸중을 하셨다. 궁궐에 들어온 후로 처음 꾸지람을 듣고 황송하였다.

참으로 우스운 것이 예부터 투기는 칠거지악* 가운데 하나요, 부녀자가 투기하지 않는 것을 큰 덕으로 쳤는데, 나는 투기를 하지 않아서 도리어 허물이 되었으니 이것도 내 팔자려니 하였다.

그해 7월 14일에 내가 청연을 낳으니 영조께서 "백여 년 만에 군주가 처음 나니 귀하다." 하시고 기뻐하셨다.

1755년 정월에는 인의 아우인 진이 태어났는데, 그때는 두 번째여서 그러했는지 영조께서 꾸중이 적으신 듯하셨다.

경모궁의 병환이 날로 심해져서 종이에 물이 젖어 번져 나가는 것과 같았다. 영조께 문안도 드물게 하시고 공부도 다하지 못하셨다. 마음의 병이어서 오랫동안 신음하는 일이 자주 있어서 몸을 잘 쓰지 못하시는 모양이었다. 영조께서 춘방 관원들을 부르셔서 경

---

* **칠거지악** 예전에, 아내를 내쫓을 수 있는 이유가 되었던 일곱 가지 허물.

모궁의 공부에 대해 물으시면 두려움만 더하실 뿐이었다.

그 병환이 이상스러운 것은 처와 자식이 애쓰고 내시나 궁녀들이 밤낮으로 두려워하며 지냈으나, 어머니인 선희궁께서도 잘 모르셨으니 영조께서 어찌 아실 수 있으리오.

웃어른 뵈오실 적과 신하 대하실 때는 보통 때와 다름없이 예사로우니 그것이 더 갑갑하고 서러웠다. 차라리 위에서부터 춘방관까지 모두 알게 병 증세가 겉으로 드러났으면 싶었다.

1755년 2월에는 전라도 나주에서 윤지 등 소론 일파가 조정을 원망하는 글을 써서 붙이는 역모가 일어났다. 이때 이들을 잡아들여서 5월까지 영조께서 친히 심문을 하셨다. 그런데 역적을 사형시킬 때는 꼭 경모궁을 보내어 보게 하셨다. 또 날마다 친국하는 곳에 계시다가 들어오실 때면 늦은 밤 열두 시나 한두 시가 될 적도 있었다. 그런데 하루도 빠뜨리지 않고 경모궁을 찾으셔서 "밥 먹었냐?" 물으셨다. 그러고는 경모궁께서 대답하면 즉시 가시니, 그 대답을 들으시고 친국하신 일을 씻고 가시려는 뜻이었다.

좋은 일에는 부르지 않으시고 상서롭지 않은 일에만 부르셔서 아무 말도 없이 경모궁의 대답만 듣고 그날 일들을 씻으시려는 듯하시니 아무리 효성이 지극하고 병이 없는 사람이라 해도 어이 서럽지 않을까.

경모궁께서는 병환이 있으니 화가 나서 '어찌 부르시나이까.' 대

꾸를 하실 법도 하였다. 그러나 능히 참으시고 날마다 밤중이라도 부르시는 때를 어기지 않고 마치 대기하셨다는 듯이 대답을 어기는 일이 없으니, 타고난 효성을 가히 알겠다.

그해 11월 선희궁께서 병환이 있으셔서 경모궁께서 직접 뵈러 집복헌에 가셨다. 그랬는데 영조께서 화완 옹주가 있는 곳에 경모궁께서 가까이 오는 것을 싫어하여 대단히 화난 목소리로 바삐 가라고 하셨다. 급한 나머지 경모궁께서는 높은 창을 넘어 나오셨다. 그날 꾸중이 지엄했다. 어머니 병문안을 가셨다가 아무 잘못하신 일도 없이 그러하니 슬프고 원통하여 그만 살고자 하시다가 겨우 진정하셨다.

그 후 1756년 병환은 점점 깊어져 경모궁은 책을 읽는 것도 더듬거리셨다. 그 대신 취선당 옆의 밧소주방*이 깊고 고요하다 하시며 자주 머무시니, 어느 날이 근심이 없으며 어느 때가 초조하지 않으실까.

5월에 영조께서 숭문당에서 신하들을 만나 보시고 갑자기 낙선당으로 경모궁을 보러 나오셨는데, 경모궁께서는 세수도 못 하고 옷 모양도 단정하지 않으셨다. 그때는 술을 마시지 못하게 엄격하게 금하던 때였는데, 임금께서는 세자가 술을 마셨나 의심하시고

* **밧소주방** 잔치 음식 따위를 만드는 곳.

크게 노하셔서 "세자에게 술을 준 자를 찾아내라." 하셨다. 술을 잡수신 일이 없으니 얼마나 억울한 일인가. 하지만 더욱 이상한 일은 영조께서 아무 일이든 억측*으로 무슨 말씀을 물으시면, 그 후에 경모궁께서 바로 그 일을 행하시니 모두 하늘이 시키시는 일인 것만 같았다.

그날 경모궁을 뜰에 세우시고 술 먹은 일을 엄하게 물으시니 실제로는 잡수신 일이 없는데도 너무나 두려워서 먹었다고 하셨다. 누가 주더냐고 하니 댈 데가 없어서,

"밧소주방 큰 궁녀 해정이가 주었습니다."

하시니 영조께서 바닥을 두드리며 소리치셨다.

"네가 엄히 술을 금하는 때에 술을 먹고 미친 듯이 구느냐!"

이때 보모 최 상궁이 아뢰었다.

"술 잡수셨다는 말씀은 과하시옵니다. 술 냄새가 나는지 맡아 보소서."

술이 들어온 일이 없고 잡수신 적이 없으니 원통하여 참을 수 없어서 최 상궁이 아뢴 것이었다. 그러나 경모궁께서는 영조 임금 앞에서 최 상궁을 꾸짖으셨다.

"내가 먹었다가 아뢰었는데 자네가 감히 말할 것이 없어. 자네

---

* **억측** 이유와 근거가 없이 짐작함.

는 물러가게."

경모궁께서는 평소에는 영조 임금 앞에서 두려워 벌벌 떨며 주뼛주뼛 말씀을 못 하시더니, 그날은 그렇게 말씀하시는 게 다행이라 여겼다. 그런데 영조께서 또다시 몹시 화를 내셨다.

"내 앞에서 상궁을 꾸짖다니……. 어른 앞에서는 개와 말도 꾸짖지 못하는 법인데 어찌 그리하느냐?"

"감히 와서 변명하기에 그랬습니다."

얼굴을 낮춰 아랫사람의 도리로 잘하신 일이었다.

그러나 경모궁께 술을 드렸다는 이유로 영조께서는 해정이를 멀리 귀양 보냈다. 결국 그날 경모궁께서는 억울하고 슬퍼서 하늘을 찌를 것 같은 기운을 모두 쏟아 내셨다. 비록 경모궁께서 병환이 있으시나 그때까지 바깥에서는 잘 몰랐다. 그런데 춘방관이 들어오자 처음으로 크게 호령하셨다.

"너희 놈들이 부자간에 화해하지 못하게 하고 내가 이렇게 억울한 일을 당해도 말 하나 해 주지 않더니, 그러고도 감히 나를 보려고 하느냐? 다 나가라."

그때 춘방관 중에 한 명이 무엇이라고 아뢰면서 얼른 나가지 않으니 경모궁께서 화를 내시며 어서 나가라고 쫓아내셨다. 그러다 그 자리에 있던 촛대가 넘어져 낙선당 남쪽 창문에 불이 붙었다. 그러나 불을 끌 사람은 없고 불길은 치솟았다. 경모궁은 춘방관을 쫓아 낙선당에서 덕성합으로 가는 문으로 내려가셨다.

이때 임금을 만나러 오던 대신들이 덕성합 앞을 막 지나고 있었다. 경모궁께서 소리 높여 "부자간을 좋게 하지 못하고 녹봉만 먹고, 그릇된 일을 충고하지도 못하면서 임금을 만나러 가니 저런 놈들을 무엇에 쓰랴!" 하시고 모두 쫓으시니 그 과하신 행동이 어떠했겠는가.

그러는 동안 불길은 번졌다. 원손을 관희합에 두었는데, 불난 곳과 두어 칸 사이라 내가 경황이 없어 데려오려고 달려갔다. 그때 청선을 배 속에 가진 지 오륙 개월이었지만, 반 칸 높이나 되는 섬돌을 바쁘게 뛰어 내려가 자는 아기를 깨워 보모에게 안기고 경춘전으로 가게 했다.

그러나 기이하게도 가까운 관희합은 불이 붙지 않고 불길이 휘돌아서 양정합에 불이 붙었으니, 임금 되실 이가 계시기에 관희합이 화재를 면하였나 싶어 참으로 이상하였다.

뜻밖에 화재가 났으니 영조께서는 아드님이 홧김에 불을 지른 게 아닌가 하고 노여움이 열 배나 더하셨다. 함인정에 여러 신하를 모으시고 경모궁을 불러, "네가 불한당이냐? 불을 왜 지르느냐?" 하셨다.

그때 경모궁께서 설움이 가슴에 복받쳐 촛대가 넘어져 불이 났다고 밝히지 못하시고 스스로 불을 지른 것처럼 하시니 절절이 슬프고 갑갑하였다. 그날 그 일 때문에 숨이 막히셔서 청심원을 잡수고 울화를 내리시며, "아무래도 못 살겠다." 하셨다. 그러고는 저 승전 앞뜰 우물로 가서 떨어지려고 하셨다. 그 모습을 보고 놀란 마음과 모습을 어찌 다 말할 수 있을까. 가까스로 구해서 겨우 덕성합으로 나오시게 하였다.

아버지께서는 1756년 2월에 광주 유수로 내려가셨다. 그런데 장인이 사대문 밖에서 근무하면 경모궁께서 더 기댈 곳이 없는 것을 아셨던지 영조께서 "대궐로 들어와 만나자." 하셨다. 그리고 아버지를 만나서 지난 일을 말씀하시며 무수히 걱정하셨다. 한편 경모궁께서도 아버지를 만나서 술로 어려움을 겪었던 일과 궁궐에 불이 났던 일을 이야기하면서, "서러워서 살기 어렵습니다."라고 하셨다. 그 말씀을 듣는 아버지의 마음은 어떠하셨을까.

아버지는 영조께 "자식에 대한 사랑을 잃지 마소서."라고 누차 아뢰셨고, 경모궁께는 "갈수록 효성을 닦으소서." 하고 울면서 간절히 아뢰었다. 경모궁은 행동을 지나치게 하시다가도 장인이 아뢰고 직접 훈계하시면 수그러드는 면이 계셨다. 그리하여 겨우 마음을 다시 잡는 듯하였다.

경모궁께서는 5월 불 소동으로 놀라서 병환이 더해져서 신하들이 보는 데서도 과한 행동을 하셨으며 세자 수업도 더 드물게 받으셨다. 조정 회의 때에나 간신히 기운을 차리고 나가시니 무슨 경황이 있으리오.

더구나 답답한 마음을 견디지 못해서 영조께서 어딘가 나가시면 후원에 나가 활을 쏘시고 말을 타시며 군사들 병기를 가지고 내시들과 노셨다. 내시들은 악기까지 연주하였다.

그해 7월은 인원 왕후가 칠순이시므로 이를 기념하여 영조께서 처음으로 늙은 선비들만 보는 과거를 보이기로 하시고 후원에서 잔치를 열었는데, 이날은 경모궁도 참여하게 하셨다. 경모궁께서는 그 잔치를 무사히 지내고 오셔서 아주 좋아하셨다. 이런 일만 봐도 영조께서 경모궁을 따뜻하게 다독이시고 조금 견디실 만큼만 엄하게 하셨더라면 어찌 이 지경에 이르렀겠는가. 모두 하늘의 뜻으로 그저 원통할 뿐이다.

경모궁께서는 스물두 살이 되도록 능에 행차하는 것을 못 하셨다. 봄가을마다 이번에는 가실 수 있을까 마음을 조이시다가 한 번도 못 가시니 그 일도 슬프고 울화가 되었다.

1756년 8월 초에 처음으로 숙종 능에 따라가시니 시원하고 기뻐서 목욕도 하시고 정성을 다하여 다행히 탈 없이 다녀오셨다. 다녀오시는 사이에 인원 왕후, 정성 왕후, 선희궁께 글을 올리시고 심지어 자녀에게까지 편지를 보내셨다. 그 편지를 지금 내가 가지고 있으니 그것을 보면 조금도 병환이 든 분 같지 않다. 순조롭게 돌아오신 것을 큰 경사처럼 여기셨다.

능을 다녀온 후 경모궁께서 크게 꾸중을 듣는 일이 없으니 이는 8월 초에 영조께서 아끼던 아홉째 딸인 화완 옹주가 출산을 해서 이를 기뻐하셨기 때문이었다. 보통 누이동생은 귀여움을 받고 당신은 사랑받지 못하면 당연히 질투할 듯도 하나 항상 불효하신 기색이 없으셨다.

처음으로 능을 참배하는 일에 따라가게 된 것도 선희궁께서 "지금까지 경모궁이 능 행차에 못 가는 것은 백성들도 괴이하게 여기리라." 하시며, 화완 옹주에게 말을 전하게 하여 그렇게 된 것이다.

그해 윤구월에 내가 청선을 낳았다. 예전 같으면 경모궁께서 기뻐하실 일일 텐데 들어와 보시지도 않으니 병환이 심한 것을 알 수 있었다.

얼마 지나지 않아 아버지께서 평안 감사가 되어 임명 당일 바로 떠나셨다. 두려움은 날로 더해 가는데 아버지께서 떠나시니 근심이 더했다.

그해 동짓달 열흘께 경모궁께서 천연두에 걸리셨다. 증세는 극히 순조로웠으나 피부에 돋은 것이 불긋불긋 심해서 더욱 두려웠다. 나중에 딱지가 앉고 병을 이겨 내셨다. 스물두 살의 나이에 화증이 심하기가 이를 데 없는데 다행히 잘 나으셨으니 그런 경사가 어디 있겠는가.

그때 선희궁께서 가까이 오셔서 밤낮으로 머물며 근심하셨고 원손은 공묵합으로 피해 계셨다. 나는 좁은 방에서 경모궁을 보살피며 지내었다. 그때 날이 몹시 추웠으며 성에가 끼어 얼음벽이 되었는데, 경모궁께서 큰 병을 순조롭게 지내시니 그런 경사가 없었다. 다만 영조께서 한 번도 친히 오신 적이 없고, 아버지는 평양 감사로 멀리 계시어 나만 혼자 아득히 애쓰던 일을 어찌 다 쓰랴. 다행히 경모궁께서는 다 나으신 후 경춘전으로 와서 몸조리하셨다.

•

달을 이어서 궁궐의 큰 어른이 돌아가시니

궁중이 텅 비고 위엄 있던 법이

어느 사이에 무너져 한심스럽기 짝이 없었다.

•

궁궐의 **큰 어른이**
연이어 **돌아가시다**

1757년 2월 13일에 정성 왕후께서 갑자기 위중해지셨다. 손톱이 모두 푸르고 토하신 피가 한 요강이나 되었는데 핏빛이 붉은 것도 아니고 검어서 이상했다. 어려서부터 해마다 쌓인 것이 다 나온 것인지 놀랍기가 이를 데 없었다.

내가 먼저 정성 왕후께 가고 경모궁께서 바로 뒤쫓아 오셨는데, 왕후께서 피를 토하고 매우 위태로워 보였다. 경모궁께서 피 토한 그릇을 붙들고 눈물을 주르륵 흘리시니 보는 사람마다 누가 울지 않겠는가.

차마 영조께는 알리지 못하고 그 그릇을 들고 친히 의관에게 보이며 우셨다 했다. 비록 지극한 사랑을 주고받으셨으나 친어머니

가 아니어서 서로 어색할 법했지만 이토록 효성스럽게 모시니 누
가 경모궁께서 병환이 든 줄 알겠는가.

밤에 정성 왕후께서 경모궁에게 천연두를 앓고 난 후에 어찌 오

래 있겠느냐며 돌아가라고 했다. 경모궁께서 경춘전에 잠깐 내려가 계셨는데, 새벽에 궁녀가 와서 경모궁께 여쭈었다.

"깊은 잠이 드셔서 아무리 여쭈어도 대답이 없으십니다."

경모궁께서 놀라 달려가서 "소신 왔소. 소신 왔소." 하고 부르짖으며 천만번이나 여쭤도 대답이 없어 슬피 울던 일은 다 쓸 수가 없다.

날이 밝아 14일에는 영조 임금께서도 알고 오셨다. 본래 영조 임금과 정성 왕후께서 서로 사이가 좋은 것은 아니었지만 왕후의 병환이 깊으니 오신 것이다. 경모궁께서는 영조 임금을 뵙자 황공하여 몸을 움츠려 울지도 못하고 고개도 들지 못했다. 영조께서 오시기 전까지는 정성 왕후의 병환을 근심하여 울다가 기운을 잃으시고, 또 망극하여* 울부짖고 슬퍼하여 곁에 있는 이들까지 모두 눈물을 흘렸다. 그런데 정작 아버님 앞에서는 그리 못 하시니 참으로 안타까웠다. 경모궁께서는 좀 전에 서럽게 울고 슬퍼하던 일을 숨기시고 좁은 방 한구석에 엎드려 계시니, 영조께서 어찌 아시리오. 이런 와중에도 영조께서는 경모궁의 옷 입은 모습을 보시더니 또 꾸중하셨다.

"왕후 병이 이렇게 중한데 몸을 어찌 그리 허술하게 하느냐?"

좀 전까지 지극하시던 모습은 다 감추어져 가슴이 터질 듯이 갑갑하였다. '좀 전에는 저러지 아니하셨습니다.' 할 수도 없고, 영조께서는 경모궁이 불효하고 버릇이 없다 하시니 선희궁과 내 속이 타는 것을 어디에 비할 수가 있겠는가.

이때 공교롭게도 화완 옹주의 남편 병이 위급하자 영조께서는 옹주를 궁 밖으로 내보내고 마음이 좋지 않으셨다. 그사이 정성 왕후의 병환은 점점 더해 15일에 돌아가시니 슬픔이 그지없었다.

인원 왕후께서도 칠순이 넘고 심히 쇠약하시어 정성 왕후가 돌아가신 뒤에 모두가 슬퍼할 때에 슬픈 줄도 잘 모르시는 듯하더니 그달 그믐에 병세가 다시 심해지셨다. 결국 3월 26일에 돌아가셨다. 영조께서 애통함이 지나쳐서 더욱 몸 둘 바를 몰랐다.

* **망극하다** 어버이나 임금에게 좋지 못한 일이 생겨 지극히 슬프다.

인원 왕후의 인품은 아주 뛰어나셔서 궁궐 안의 법도가 엄하였다. 또한 경모궁에 대한 사랑이 지극하시고 나를 각별하게 아끼시던 은혜를 어찌 다 기록할 수 있겠는가.

인원 왕후께서는 영조 임금과 경모궁 사이에 벌어진 난처한 일들을 들으시고 깊게 근심하시면서 나를 보면 "얼마나 민망하냐?"라고 늘 위로해 주셨다. 인원 왕후께서는 항상 법을 엄히 세우셔서 옹주들이 감히 빈궁인 나와 어깨를 나란히 해서 앉지 못하게 하셨다.

정성 왕후께서도 아드님을 위하시는 마음으로 영조께서 경모궁을 민망하게 만드는 일을 늘 한스럽게 여기시고 답답해하셨다. 경모궁의 지나친 행동이 소문으로 들리면 나랏일을 근심하셔서 선희궁에게 늘 오가며 지성으로 애태우며 생각하셨다.

달을 이어서 궁궐의 큰 어른이 돌아가시니 궁중이 텅 비고 위엄 있던 법이 어느 사이에 무너져 한심스럽기 짝이 없었다.

경모궁께서는 할머니 인원 왕후의 사랑을 많이 받고 계셨던 터라 몹시 슬퍼하셨다. 이럴 때에 부자 사이만 괜찮았다면 얼마나 좋았을까.

영조께서는 인원 왕후께서 병환이 나신 후로 밤낮으로 머무르며 지성으로 약을 달여 올렸다. 돌아가신 후에도 장례를 치르기 전 다섯 달 동안 하루 여섯 번씩 곡하는 것을 한 번도 거르지 않으셨다. 춘추가 예순넷이신데 그러한 효성이 어디 다시 있으리오.

당신이 이러하신데 아드님이 하는 일의 본뜻은 모르시고 나쁘고 잘못하는 줄만 알고 계셨다. 두 왕후가 안 계시고 대궐 안 분위기가 좋지 않아서 더욱 아득하였다.

영조께서 정성 왕후의 빈소*에 곡을 하러 오시면 꼭 경모궁이 계신 곳으로 가셔서 무슨 일이든 꼬투리를 잡아 꾸중하셨다. 영조께서는 불같이 화를 내셨는데 사람 모인 데와 내시들이 많은 곳에서도 경모궁의 허물을 다 들춰내셨다. 한번은 6, 7월 극심한 더위 가운데에 내시들이 가득한 곳에서 여러 가지로 꾸중을 들으시고는 경모궁께서 화와 병환이 점점 더해져 내시들을 심하게 매질하셨다. 상을 치르는 동안 아랫사람을 매질하니 잘못하신 일이라. 1757년부터 옷을 잘 못 입으시는 병이 생겼으니 그 말을 어찌 다 하리오.

6월부터 경모궁의 화병이 더하여서 마침내 사람 죽이기를 시작하셨다. 내관 김한채를 먼저 죽여 그 머리를 들고 나와 내시들에게 보이시니 나도 그때 사람 머리 벤 것을 처음 보아서 흉하고 놀랍기가 이를 것이 없었다. 경모궁께서는 사람을 죽이고서야 마음이 조금 풀리시는지 그때에 내인들을 여러 명 죽이셨다. 갑갑하기 이를

* **빈소** 상여가 나갈 때까지 관을 놓아 두는 방.

데 없어 마지못해서 선희궁께 여쭈었다.

"병환이 점점 더하여 이런 끔찍한 행동을 하시니 어찌하면 좋겠습니까?"

그러자 선희궁께서는 음식도 안 드시고 자리에 누워서 근심만 하셨다. 그때 뾰족한 수 없이 애쓰던 생각을 하면 그저 죽어서 모르고 지내고 싶을 뿐이었다.

7월에 인원 왕후 장례식이 되었는데 큰비가 왔다. 영조께서는 늙은 몸을 이끄시고 능에 직접 가셔서 효도를 지극히 하셨다. 경모궁께서도 효성이 없지는 않지만 병환이 점점 더해 사람 죽이는 것을 자주 하셨다. 인심이 두려워지고 언제 죽을지 몰라 어찌할 바를 몰랐다.

아버지께서 5월에야 평양에서 궁궐로 돌아오시니 영조께서 반기며 애통해하셨다. 아버지는 경모궁을 뵙고 그사이에 큰 병환을 겪고 또 두 차례나 큰일을 당하심을 위로하셨다. 부녀가 만나 두 차례 궁궐 어르신이 돌아가신 일을 슬퍼하며 당면한 일에 대해 서로 붙들고 근심을 나누었다.

9월 경모궁께서 인원 왕후에 속한 궁녀 빙애를 데려오시니 그 궁녀는 은전군과 청근 현주*의 어미였다. 경모궁께서는 여러 해

---

* **현주** 왕세자의 서녀. 서녀는 첩이 낳은 딸.

동안 빙애에게 마음을 두고 계셨다. 그때 화가 점점 나고 마음을 둘 데 없으셔서 빙애를 데려다가 방을 꾸며 놓으니 갖추지 않은 살림살이가 없었다. 또 그사이에 다른 내인들도 가까이하셨는데, 그 내인들이 순종하지 않으면 치고 때려서 피가 철철 흐른 다음에라도 가까이하시니 누가 이를 좋아하겠는가.

가까이했던 내인은 많되 잠시만 그리하고 대수롭게 여기는 일이 없었다. 행여 자식을 낳은 내인이라도 털끝만큼도 더 봐주는 일은 없었는데 빙애만큼은 대수롭게 여기셨다. 빙애의 사람됨이 악하여서 궁궐 재산을 가져다 썼으니 이런 안타까움을 어찌 다 이르겠는가. 관원들이 이 일을 직접 아뢰지는 않았으나 그렇다고 영조께서 어이 모르시겠는가.

9월에 빙애를 데려왔는데 11월에 영조께서 아셨다. 그날이 동짓날이었는데 영조께서 크게 노하셔서 경모궁을 불러 꾸짖으셨다.

"네 감히 어찌 그러하냐?"

영조께서는 내게도 땅을 두드리며 호령하셨다.

"세자가 빙애를 데려올 때 네가 알았으련만 내게 알리지 않으니 너조차 나를 속이는 법이 어디에 있느냐? 네 남편의 정에 이끌려서 양제 때에도 조금도 시기하지 않고 그 자식을 거두니 내가 너에게 미안한 마음이 있었다. 그런데 이번에는 웃어른 궁녀를 데려다가 저렇게까지 하는데 나에게 알리지 않았다. 오늘 물어봐도 즉시 대답하지 않으니 네가 정녕 그럴 줄 몰랐다."

그 꾸지람을 듣고 황공하여 아뢰었다.

"어찌 남편이 한 일을 웃어른께 고자질하겠나이까? 제 도리가 그렇지 못하옵니다."

그러자 더 꾸중하시니, 영조께 사랑만 받다가 처음으로 엄한 꾸중을 들어 몹시 두렵고 마음이 거북하였다.

그날 밤 경모궁을 또다시 불러서 꾸중을 하셨다. 경모궁께서는 서러워서 그길로 양정합 우물에 빠지셨으니 이런 슬픈 일이 또 어디 있을까. 박세근이란 방지기*가 업어서 내었는데 마침 우물에 얼음이 가득하고 물이 많지 않아서 겨우 무사하셨다.

영조께서 우물에 빠지는 해괴한 행동까지 보시고 어찌 노하지 않으셨을까. 대신 이하 신하들이 모두 있다가 그 광경을 보았다. 그때 영의정이 김상로였는데 음흉하여 경모궁 뵈올 때는 경모궁 뜻에 맞추는 체하고, 영조께는 망극한 말씨를 해 보이니 흉측스러웠다.

아버지는 경모궁께서 꾸지람을 듣고 우물에 빠지시는 것을 보자 당신 처지를 살피지 않으시고 영조께 아뢰었다.

"옛날에 임금께 뜻을 얻지 못하면 신하는 애가 탄다고 했습니

* **방지기** 관아의 심부름꾼.

다. 임금과 신하도 그러하거니와 하물며 부자 사이야 어떻겠습니까. 동궁께서 어버이 사랑을 얻지 못한 채 떠돌아다니셔서 저러니 그 복잡한 사연이나 내용을 천만 헤아리시길 바라옵니다.”

그 말에 영조께서 무척 화를 내셨는데, 내게도 노여웠던지라 내 죄까지 겹쳐 벼슬을 빼앗고 호통이 대단하셨다. 아버지께서는 벼슬을 잃고 정신없이 성문을 벗어나 성 밖에 머물러 계셨다. 백성들은 아버지만 믿다가 아버지마저 벼슬을 잃게 되었으니 인심이 시끄러워 어찌 될지 알 수 없었다. 나도 엄한 꾸중을 듣고 황공하여 아랫방으로 내려가 살았다.

스무 날이 지나 다시 아버지를 풀어 주어 벼슬길에 올리시고 나를 부르셔서 예전과 같이 사랑해 주셨다. 온갖 일이 두렵고 조심스러웠지만, 지극한 임금의 은혜를 어찌 다 갚을 수 있을까.

1758년 초에 영조께서 편찮으셨으나 경모궁께서 병환으로 쭉 문안을 드리지 못했다. 그러니 부자 사이가 점점 더 서먹해졌다. 경모궁을 만나 뵐 때마다 마치 내 넋이 흩어진 듯하니 차마 그 모습을 어찌 다 말하겠는가.

1월에 임금의 사위 월성위가 죽었다. 아내인 화순 옹주는 핏줄이 없는 데다 우직한 마음에 자기의 도리를 다해서 17일 동안 아무 음식도 먹지 않고 굶은 끝에 돌아가셨다. 왕가에 이런 거룩한 일이 없었으나 영조께서는 늙은 아버지를 두고 당신 말씀도 듣지 않은 채 돌아가신 것을 불효라고 하시며 노여움이 크셨다. 그래서 정문* 세우는 것을 허락하지 않으셨다. 경모궁께서는 그 누님의 절개와 의리에 감동하여 많이 칭찬하시니 병환 중에도 어찌 그렇게 하셨던가 싶었다.

1757년 11월 우물 사건 후에 경모궁께서 관희합에 머무시는데, 영조께서 또 무슨 일로 언짢으셔서 찾아가셨다. 영조께서 경모궁이 어찌 눈에 거슬리지 않을 수 있겠는가. 영조께서는 그해 처음

---

* **정문** 충신, 효자, 열녀를 표창하기 위해 그 집 앞에 세우는 문.

만나시는 것이라 여러 가지를 많이 꾸중하셨다. 또 사람 죽인 일을 아시면서도 그 일을 바로 대답하는지 알아보려고 하신 것인지 그 동안의 일을 모두 아뢰라고 추궁하셨다.

경모궁께서는 영조께서 아시면 큰일이 날 줄 뻔히 알면서도 당신이 했던 일을 곧이곧대로 아뢰었다. 천성이 숨김이 없으셔서 그런 것인지 참으로 이상하였다. 그날 이렇게 대답하셨다.

"울화가 나면 견디지 못하고 사람을 죽이거나 닭 같은 것을 죽여야 마음이 풀립니다."

"어째서 그러냐?"

"마음이 상해서 그러하옵니다."

"왜 마음이 상하였느냐?"

"아바마마께서 저를 사랑하지 않아서 슬프고, 꾸중하시는 게 무서워 마음속에 화가 되어서 그러하옵니다."

이렇게 말하면서 경모궁은 사람 죽인 수를 하나도 감추지 않고 자세히 모두 아뢰었다. 영조께서 경모궁의 말씀을 들으시고 천륜의 정이 통하셨는지, 혹은 측은한 마음이 드셨는지 "내 이제는 그렇게 하지 않으마." 하시고 노여움이 조금 가라앉으셔서 경춘전으로 오셨다. 그리고 내게 물으셨다.

"세자가 평소에 울화가 치민다는데 내가 앞으로 세자를 아끼면 되겠느냐?"

나는 뜻밖의 말씀을 갑작스럽게 듣자 몹시 기쁘고 감격해 울면서 아뢰었다.

"그러하옵다 뿐이리까. 어려서부터 사랑을 입지 못해서 한 번 놀라고 두 번 놀라서 마음의 병을 얻어 그러하옵니다."

"마음이 상하여 그러했다 하는구나."

"상하기가 이를 데가 없습니다. 은혜와 사랑을 베푸시면 그렇지 않을 것입니다."

이렇게 여쭈면서 서러워 우니 영조께서 낯빛과 말씀이 한결 좋아지셨다.

"그러면 내가 그리하겠다고 전하고, 잠은 어찌 자고 밥은 어찌 먹느냐고 묻는다고 하여라."

그날이 1758년 2월 27일이었다. 영조께서 관희합으로 가시는 것을 보고 또 무슨 일이 날까 마음을 조이며 애썼다. 그러다 의외의 말씀을 들으니 울음과 웃음이 절로 일어 절을 한 뒤 손을 비비면서 말했다.

"이렇게 하여 그 마음을 잡게 하시면 오죽 좋겠습니까?"

내 행동을 가엽게 느끼셨는지 영조께서 부드러운 목소리로 "그리하겠다." 하고 가셨다. 이것이 어찌 된 일인지 꼭 꿈만 같았다. 마침 경모궁께서 나를 오라 하여 가 뵙고 아뢰었다.

"어찌 묻지도 않은 사람 죽인 말씀을 하셨나이까? 스스로 그런 말씀을 하시다니요?"

"다 알고 물으시니 모두 아뢸 수밖에 없지 않소."

"그래 무어라고 하셨나이까?"

"그렇게 하지 말라고 하시더군."

"이제 부자지간이 좋아지겠습니다."

그러자 경모궁께서 화를 버럭 내셨다.

"자네는 사랑받는 며느리라서 그 말씀을 다 믿는가? 그냥 그러시는 말씀이니 나는 믿을 수가 없소. 꼭 내가 죽고 말 것이니."

이렇게 말씀하실 때는 전혀 병환이 든 사람 같지 않았다.

●

비단옷 한 벌을 입으시려면 몇 벌을 불태우고서야

겨우 한 벌을 입으셨으니

옷을 지어 없앤 비단이 몇 궤짝이나 되는지 모른다.

●

옷을 입지 못하는

의대증이 심해지다

경모궁께서 옷을 입지 못하는 의대증이 극심하셨다. 참으로 이상한 병이었다. 옷을 한 번 입으려 하면 열 벌 또는 이삼십 벌을 해놓아야 하는데, 그 옷마저 잘 입지 못하면 귀신인지 무엇인지를 위해 옷을 불사르기도 하셨다. 한 벌을 순하게 갈아입으시면 천만다행이나, 시중드는 이가 조금이라도 잘못하여 옷을 입지 못하면 당신은 당신대로 애를 쓰시고 사람까지 다치니 얼마나 안타까운 병이 아니겠는가.

어떤 때는 옷을 너무 많이 지으니 값싼 무명이라고 한들 아무리 왕세자 살림이라 해도 무엇이 얼마나 남겠는가. 미처 옷을 만들지 못하고 옷감도 얻지 못하면 순식간에 사람을 죽이니 될 수 있는 대로 옷을 많이 해 드려도 마음이 쓰였다. 아버지께서는 이 말씀을 들으시고 크게 걱정하시면서 내가 걱정하는 일과 사람 다치는 일을 민망하게 여기시고 그 옷을 모두 마련해 주셨다.

그런 병환이 6, 7년 동안 아주 심한 때도 있고, 조금 수그러든 때도 있었다. 옷을 입지 못해 애쓰시다가 어떻게 하여 조금 증세가 나아져 겨우 한 벌 입으시면 경모궁께서도 참 다행으로 여겨 옷이 더러워질 때까지 입으셨으니, 이것은 무슨 병인가.

수천 가지 병 중에 옷 입기 어려운 병은 예전에도 없었는데 어찌 높으신 경모궁께서 그런 병이 드셨는지 하늘에 물어도 알 길이 없었다.

정성 왕후와 인원 왕후 두 분의 소상*을 차례로 무사히 지내시고 두어 달은 극심한 탈 없이 무사히 지나갔다. 두 분 장례식 후에 경모궁께서 정성 왕후의 능인 홍릉에 아직 참배하지 못하셨으므로 영조께서 마지못해 경모궁을 따르게 하셨다.

* **소상** 사람이 죽은 지 1년 만에 지내는 제사.

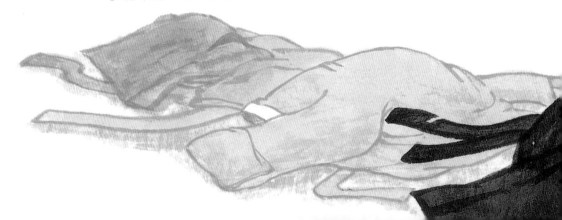

그해 비가 오지 않았는데 이날 소나기가 몹시 내리니, 영조께서 "날씨가 이런 것이 모두 다 동궁을 데려온 탓이라." 하시고 능에 이르기도 전에 "도로 들어가라." 하시며 당신 혼자 가셨다.

경모궁께서는 능에 참배하러 갔다가 뜻을 제대로 이루지 못하셨으니 백성과 관원들이 오죽 의아하게 여겼겠는가. 잘 가셨다가 돌아오시기를 바랐는데 이 소식을 듣자 나는 선희궁을 모시고 앉았다가 그만 넋을 잃었다.

밖에서 들어오시면 화를 얼마나 내실까 하며 안절부절못하고 있는 사이에 경모궁께서 큰비를 맞으시고 다시 돌아오셨다. 그 마음이 어떠했을까.

경모궁께서는 화가 치밀어 바로 오실 수가 없어서 성문 밖에서 꽉 막힌 기운을 진정하고 돌아오셨다. 경모궁께서 겪은 일을 생각하면 이 일은 병이 없는 이들도, 심지어 순임금*처럼 큰 효성을 지닌 성인이라 해도 서럽지 않음이 없었으리라. 선희궁과 나는 손을 마주 잡고 울 수밖에 없었고, 경모궁도 "점점 살길이 없다." 하셨다. 그 후로 옷을 잘못 입고 가서 그런 일이 났다 하시며 의대증이 더하니 안타까울 뿐이었다.

* **순임금** 고대 중국의 전설상의 임금.

12월에 영조께서 몹시 편찮으셔서 1759년 설날 정성 왕후의 사당 제사에 참석하지 못하셨다. 경모궁께서 부왕 병문안을 하시려다가 또 갑갑해하셨다. 문안을 가도 영조께서 곱게 보지 않으셨고, 경모궁은 경모궁대로 병환이 심하여 임금을 무서워하니 어찌 문안을 가려 하겠는가. 부왕 병문안을 하다가 오히려 마음이 아프고 슬프게 될 듯하였다.

영조께서는 병환이 깊어 나랏일을 어찌할까 근심하는 말씀을 대신께 자주 하셨다. 그때 신하들의 처신이 실로 어려웠고 영조 임금과 경모궁 사이에서 말씀드리기가 극히 어려웠다. 그런데 영의정 김상로는 음흉하게도 경모궁께는 아무 일 없다는 듯이 얼굴빛을 좋게 하고, 영조께는 웃어른의 뜻을 받드는 듯 울고 서러워하는 기색을 보였다. 그는 이 틈을 타서 경모궁의 잘못들을 아뢰려 했다.

그때 영조께서 거처하시는 공묵합의 방이 두 칸이었는데, 영조께서는 안방 문 밑에 누우시고 의원은 바깥방 한 칸에 대기하고 있었다. 대신들은 영조께서 머리를 두신 곳에 바로 엎드려서 소곤소곤 비밀스럽게 말을 주고받을 수 있었다. 하지만 안쪽에 선희궁께서 밤낮으로 간병하시고 가까이 대기하는 궁녀나 내시들이 있으므로 차마 말을 건네지 못하였다. 대신들은 매번 방바닥에 손가락으로 글씨를 써서 영조께 보였다. 영조께서 이를 보시고 문지방을 두드리며 탄식하시고 김상로는 엎드려 슬퍼하였다. 김상로는 음흉하게 영조 임금과 경모궁께 말을 다르게 하였으니 어찌 그런 사람이 있는가. 선희궁께서 항상 거기 계셨는데, 김상로가 쓴 글자를 보시고는 원통하고 분하게 여기며 흉하다고 하셨다.

영조 병환 중에 청연도 병이 나서 처음에는 증세가 심했으나 나중에는 매우 순조로웠다. 영조께서도 설을 지낸 뒤에 곧 회복하여 청연을 보시려고 친히 와서 경사롭게 지냈다.

1759년 3월에 영조께서 왕위를 이어받을 왕세손을 정하셨는데, 경모궁께서 그 병환 중에도 세손이 정해진 것을 기뻐하셨다. 병이 심할 때는 부인과 자식도 알아보지 못했으나 세손은 말할 수 없이 귀하게 여기셨다. 누이들이 감히 세손을 넘보지 못하게 하셨으니 이런 때는 어찌 병환이 있는 이 같으리오.

두 왕후의 삼년상을 마치고 나니 허전한 마음이야 어찌 다 말하겠는가. 그때 예조에서 왕비를 새로 얻을 것을 청하니 영조께서 인원 왕후의 사당에 말씀하신 후에 왕비의 간택 날을 정하셨다. 6월에 영조께서 새로 왕비를 맞는 가례를 행하셨는데, 선희궁께서 나에게 말씀하셨다.

"정성 왕후가 안 계시니 가례를 올려 새로 왕비를 맞는 것이 당연한 일이다."

선희궁은 친히 예식 준비를 하시며 정성을 쏟으니 임금 위하시는 덕행이 참으로 거룩하셨다.

이튿날 경모궁과 내가 중전마마인 정순 왕후께 아침 인사를 갔다. 영조 임금과 정순 왕후께서 함께 인사를 받으셨는데, 경모궁께서 인사를 지극히 공손하게 하셨다. 이런 일에서 본심이 효성스러우신 것을 더욱 알 수 있다.

　　윤유월에 세손을 정하는 예식을 명정전에서 했다. 그때 세손 나이 여덟 살인데 점잖고 빼어난 태도를 어찌 다 이르겠는가. 밖에서 보면 경모궁께서는 나라의 일을 처리하는 왕세자이시고, 아들이 여덟 살이 되어 세손 책봉의 예식을 지내니 나라의 기운이 태산과 반석 같아 무슨 근심이 있으리오. 그러나 실제 궁중에서는 아침저녁으로 어찌 될지 모르는 상황이니 갈수록 하늘을 우러러 물을 수조차 없었다.

　　가을과 겨울 사이에는 새로 장가를 드신 후 영조께서 자연히 한가하지 못하셔서 드러난 일이 적었다. 겨우 그해를 보냈는데 그다음 해에는 경모궁의 병환이 더 위독해지셨다. 영조의 책망이 날로 심해지자 경모궁의 울화가 점점 더 치밀어서 옷을 입지 않으려는 병환이 극심하였다. 갑자기 전혀 모르는 사람이 보인다 하셔서 거동을 할 때에는 미리 사람을 보내어 다른 사람을 얼씬하지 못하게 했다. 밖에 나가실 때 혹 미처 피하지 못한 사람이 있어 경모궁께서 언뜻 보기라도 하시면 옷을 입지 못하고 벗으셨다.

비단옷 한 벌을 입으시려면 몇 벌을 불태우고서야 겨우 한 벌을 입으셨으니 옷을 지어 없앤 비단이 몇 궤짝이나 되는지 모른다. 보통 비단으로는 조금도 쓰지 못하니 그때 내 간장이 얼마나 상한 줄 알겠는가.

1월 21일이 경모궁께서 태어나신 날이니 그날은 보통 때처럼 보내면 좋겠는데 이상하게 영조께서는 늘 그날 조정 회의를 하시거나 춘방관을 부르시거나 하여 경모궁에 대한 말씀을 하셨다. 경모궁께서 그 일로 큰 근심이 되어 갈수록 슬프고 애달파서 매년 생일 잔치 음식을 예사롭게 잡수신 적이 없다. 늘 굶으시고 허둥거리며 조마조마하게 지내니 어찌 팔자가 그렇게 기구하던지 그저 슬프기만 하다.

1760년 생신에는 또 무슨 일로 울화가 대단히 나서 그날부터 부모 공경하는 말씀을 못 하시고, 상스러운 말로 천지를 분별하지 못하듯이 하셨다. 노엽고 슬픈 목소리로 "살아 무엇하랴!"라고 한탄하셨다. 선희궁께 공손치 못한 말씀을 많이 하시고 세손 남매가 문안하자 큰 소리로 호령하셨다.

"부모 모르는 것이 자식을 알겠느냐. 물러가라."

아홉 살, 일곱 살, 다섯 살의 어린아이들이 아버지 생신이라 예복을 차려입고 절하며 뵈려다가 무서운 호령을 듣고 깜짝 놀라서 어찌할 바를 모르니 그 모습이 오죽했을까.

병환이 심하면 나를 괴롭게 구셔도 어머니께는 그리 못 하셨는데 그날에는 병환을 감추지 못하고 드러내셨다. 그전에 선희궁께서는 아드님의 병환 말씀을 들으셨으나 혹시 너무 과장된 이야기가 아닌가 하셨다가 처음으로 그 모습을 보시고 기가 막혀서 말씀을 하지 못하셨다.

병환이 점점 깊어 어머니도 알아보지 못하시고 자녀를 사랑하던 정은 잊어버린 채 그러하시니, 선희궁과 자녀들이 놀란 기색을 차마 볼 수가 없었다. 내가 그때 슬퍼서 죽고 싶었으나 죽지 못하니 내 모습이 어찌 사람의 모습이라 할 수 있을까.

그해 봄에는 병환이 날로 심하시니 밤낮으로 초조해하셨다. 여름에는 가뭄으로 영조께서 또 근심하시면서 "왕세자가 덕을 닦지 않는 탓이다." 하시며 차마 들을 수 없는 말을 많이 하셨다. 병이 심한데 이렇게까지 하시니 근심은 끝이 없고 살길이 없어서 밤낮으로 죽기만을 원하셨다.

영조께 사랑을 많이 받았던 화완 옹주는 경모궁 일에는 끼어들지 않았다. 단지 경모궁에 대해서 영조 임금의 마음이 풀리시게 말씀드리지 못한 것이 죄라면 죄이다. 화완 옹주는 오라버니가 두려워서 어떤 일이든 못 한다고 하지는 않았다.

그러다가 1760년에 병환이 더한 뒤부터 경모궁께서는 재물을 가져와서 "아버님께 잘 말씀드려라." 하시기 시작했다. 그전에는 그저 조용히 잘 말씀드려 달라는 부탁이나 했는데 격한 기운이 일어나고 슬픔이 지극했는지 '저는 사랑을 많이 받고 나는 어째 이러한가.' 하시며 마치 그 누이 탓인 듯 참던 분통을 터트리셨다.

경모궁께서 병세가 점점 심해지고 당하는 일도 견디기 어려우니 도저히 영조 임금과 한 대궐 안에서 지낼 수가 없었다. 그러던 중 영조께서 거처를 창덕궁에서 경희궁으로 옮기시면 창덕궁에는 당신 혼자 계실 것이니 후원에서 군사 경기나 하면서 마음을 풀려는 생각을 하셨다. 그러고는 7월 초에 화완 옹주에게 이르셨다.

"아무래도 한 대궐 안에 살 수가 없으니 무슨 수를 쓰든지 모시고 가라."

그리고 나에게도 화완 옹주한테 꼭 그렇게 전하라고 하시니 이 사정이 오죽하겠는가. 그때 내가 겪은 일은 삶과 죽음이 마치 한숨 사이에 정해질 듯이 급박했는데, 화완 옹주가 어떤 수단을 썼는지 영조께서 거처를 옮기시기로 하고 7월 8일로 날을 잡았다. 경모궁께서 6일에 화완 옹주를 다시 불러서 칼을 뽑을 듯이 칼자루를 잡고 위협하며 호령하셨다.

"오늘부터 내게 무슨 일이 있으면 이 칼로 너를 베리라."

선희궁께서도 경모궁께서 화완 옹주를 어떻게 할까 하고 따라오셔서 그 광경을 보았으니 마음이 어떠셨을까. 화완 옹주는 울면서 애걸하였다.

"앞으로 잘할 것이니 목숨만 제발 살려 주십시오."

그러자 경모궁은 또 옹주에게 부탁하셨다.

"이 대궐에만 있어서 답답하니 네가 나를 온양으로 가게 해 주겠느냐? 내가 습진으로 다리가 헐어서 괴로운데 너도 잘 아니까 꼭 가도록 해야 한다."

"그러도록 하겠습니다."

옹주가 가더니 영조께서는 다른 궁으로 옮기시고 경모궁에게는 온양에 다녀오라는 명령이 떨어졌다. 화완 옹주가 영조께 간절히 부탁했으므로 일이 순조롭게 되었지 그렇지 않고는 어떻게 영조께서 거처를 옮기시며 경모궁이 온양에 갈 수 있었겠는가. 과연 신통하기도 했다. 이런 수단을 일찍부터 썼더라면 부자 두 분 사이를 좋게 할 수도 있었을 텐데. 다 하늘이 시키는 일이니 어찌하리오.

영조께 거처를 옮기시게 말씀드리지 않는다고 경모궁께서 내게 바둑판을 던지는 바람에 왼편 눈이 그만 빠질 뻔했다. 다행히 눈이 빠지는 일은 없었지만 살이 붓고 상처가 대단히 컸다. 그런 까닭에 영조께서 궁궐을 옮겨 가실 때 하직* 인사도 제대로 못 드리고 선희궁께는 얼굴을 내밀고 직접 뵙지를 못하니 살아가는 게 참으로

---

* **하직** 먼 길을 떠날 때 웃어른께 작별을 고하는 것.

어려웠다. 하릴없이 죽고자 하였으나 차마 세손을 버리지 못하여 결심하지 못했다. 그사이 어렵고 위태로운 일들이 무수히 많았으니 이를 어찌 다 쓰겠는가.

영조께서 경희궁으로 옮기신 후 경모궁께서는 온양으로 떠나셨다. 선희궁께서는 어머니 된 마음으로 경모궁께서 잘 돌아오실까 하는 근심과 아들을 잊지 못하는 정으로 맛있는 반찬을 넣어 보내셨다. 그리고 마침 조카 되는 이인강이 공주 군영의 수령이라, 경모궁께서 어찌 지내시는지 소문이나 알아보라고 하셨다.

경모궁께서 온양으로 출발하실 때, 영조께서 "하직 인사는 필요 없으니 바로 가라." 하셨다. 그런 까닭에 경모궁의 행렬은 쓸쓸하고 초라하기가 말할 수 없는 지경이었다. 경모궁께서는 행차할 때 앞에서 인도하는 하인을 많이 세우고 순령수* 소리나 시원하게 시키고, 풍악을 웅장하게 하며 가려 했다. 그러나 영조께서 마지못해 보내 주시는 것이니 어찌 그렇게 채비를 할 수 있겠는가. 그리고 어느 신하가 두 분 사이에서 감히 말을 할 수 있었겠는가.

나는 남편이 더없이 중하지만 하도 두려워 온양 가신 동안만이라도 다행으로 여겼다. 아버지께서 초조해하시며 근심하던 것과 영조 임금과 경모궁 사이에서 어렵게 지내던 이야기를 어찌 다 글

---

* **순령수** 대장의 명령 전달 및 호위를 맡고, 깃발을 받들던 군사.

로 쓸 수 있겠는가. 자고 나면 나와 아버지의 간장만 탔으니 이런 상황을 훗날 사람들도 상상할 수 있을 것이다.

경모궁께서 온천에 가려 할 때는 다 죽어 가는 것처럼 보이더니, 성문을 나가자 울화가 가라앉으셨는지 명령을 내려서 왕세자의 행차라고 하여 민가에 폐를 끼치지 못하게 하셨다. 그리고 지나시는 길에 은혜와 위엄이 함께하시니 백성들이 지혜로운 세자라 하였다. 또한 온양에 머무시면서 한결같이 덕을 베푸시니 온양읍이 평화로워 왕세자의 덕을 찬양하였다. 그때는 속이 후련해지셨는지 병환이 물러가고 본래 착한 마음이 돌아오신 듯하였다.

그러나 온양읍은 작은 고을이어서 애써 가셨지만 그곳에 무슨 경치가 있으며 좋은 문물이 있겠는가. 십여 일 머무르시자 또 답답한 마음이 일어나 8월 6일에 대궐로 돌아오셨다.

그 후에 또다시 "온양은 답답하니 이번에는 황해도 평산 온천으로나 가 보자." 하셨다. 그러나 영조께 또 평산 가겠다고 말씀을 드릴 수가 없어서 주위 사람들이 '평산은 좁고 갑갑하기가 온양만도 못하다.' 하고 달래어 겨우 안 가시게 하였다. 그러나 이후로도 경모궁께서 늘 답답해하시니 춘방관이나 신하들이 "주상 전하께 직접 뵙고 말씀드리소서." 하는 글을 올렸다. 그러나 가실 형편이나 사정은 못 되었고 그 일 때문에 큰 근심만 하고 계셨다.

·

세손을 칭찬하고 사랑하시며

'나라의 막중한 부탁을 세손에게 하노라.'라는 말씀도 나왔다.

·

세손을
사랑하시다

    영조께서는 세손을 자주 데려다 곁에 두셨다. 점점 경모궁에 대한 근심이 깊으시니 신하들이 모인 공식적인 자리에서도 항상 세자에 대한 근심과 탄식을 하셨으며 나라를 세손께 맡기겠노라는 말씀을 자주 하셨다. 세손이 조숙하고 총명하여 사람을 대하는 것과 행동이 영조 임금의 마음에 잘 맞으시니 세손을 사랑하는 말씀을 자주 하셨다.

    경모궁께서는 사관이 기록한 영조 임금과 신하들이 주고받은 말씀을 궁인들에게 베끼도록 하여 읽어 보셨다. 그중에는 세손을 칭찬하고 사랑하시며 '나라의 막중한 부탁을 세손에게 하노라.'라는 말씀도 나왔다. 그 대목을 경모궁께서 보시고는 세손을 사랑하시는 마음이 있으셨지만, 당신은 병환 중이고 어려서부터 사랑을 못 받은 게 한이 되었는데 그 아들만 칭찬하시니 울화가 얼마나 났겠는가.

세손 한 몸에 나라가 망하고 흥함이 달려 있으니 세손이 평안하셔야 나라가 보전될 것이었다. 세손을 무사하게 하려면 그 글을 경모궁께서 보지 않으시게 해야 했다. 그래서 내관에게 일러서 사관이 써 오거든 그 글을 고쳐서 보시게 하고, 위급할 때면 내가 내관에게 직접 말하여 문제 될 구절을 빼 버리게 했다. 그리고 이 사정을 아버지께 알렸다.

"아무쪼록 세손을 편안하게 모실 도리를 하소서."

아버지께서는 험난한 때를 맞아 영조 임금의 은혜를 많이 입었고 경모궁도 보호하고 세손도 평안케 하려고 하니 걱정이 심하여 자주 체하셨다. 나를 보면 하늘을 우러러 국가의 평화스러움만 두 손 모아 비셨다. 세손을 보호하여 종사*를 잇게 할 기틀이 되려면 경모궁께서 기록을 못 보시게 해야 했다. 그러니 우리 부녀의 초조한 마음은 당연한 것이지만 그 지극한 정성은 하늘만 아실 일이다. 만약에 경모궁께서 세손을 칭찬하시는 영조 임금의 말씀을 그대로 보았다면 세손께도 참혹한 일이 벌어졌을지 모른다.

---

* **종사** 종묘와 사직이라는 뜻으로, '나라'를 이르는 말.

돌아가시기 바로 전해인 1761년이 되니 경모궁의 병환은 더욱 심해졌다. 영조께서 경희궁으로 옮기신 1760년 7월 후에는 부왕이 계시지 않은 창덕궁의 후원에 나가 말을 달리고 군기붙이를 가지고 소일을 하셨다. 하지만 그것도 심심해지자 영조 임금 몰래 궁밖에서 돌아다니기 시작하셨다. 놀랍고 어이없는 일이니 어찌 다 그 근심을 표현하겠는가.

경모궁께서는 병환이 도지면 끝내 사람을 상하게 하셨다. 당시 경모궁의 옷 시중은 청근 현주의 어미, 빙애가 들었는데 병환이 점점 더해지자 빙애를 총애하던 마음도 잊어버리셨다. 1761년 정월 궁 밖으로 나가시려다 병이 나시어 빙애를 죽도록 치고 가셨다. 결국 빙애가 대궐 안에서 죽음을 맞이하니 제 인생이 가련할 뿐 아니라 어린 자녀들의 모습이 더욱 참혹하였다. 경모궁께서 언제 들어오실지 모르고 지엄한 대궐에 시신을 그대로 둘 수도 없어서 그 밤을 겨우 새우고 내보내었다. 그리고 재물을 극진히 하여 장례를 치러 주었다. 나중에 경모궁께서 오셔서 아무 말씀도 하지 않으신 것으로 보아 정신이 없어서 그러신 것이라, 하는 일마다 두려웠다.

1761년 1, 2, 3월에 궁 밖을 나갔다 들어왔다 마음대로 하시니 그때 내 마음이 얼마나 무섭고 조심스러웠겠는가. 3월에 세손이 성균관에 입학례를 하시고 관례를 경희궁에서 하시니 내 어찌 보고 싶지 않았겠는가. 그러나 경모궁께서 병환으로 가실 형편이 못 되니 내가 무슨 낯으로 홀로 가 보겠는가.

그해 1월과 2월, 3월에 연이어 이천보, 이후, 민백상 세 정승이 돌아가시고 영조께서 편찮으신데 나랏일을 돌볼 대신이 없었기 때문에 아버지께서 우의정으로 임명되시었다. 아버지 처지나 나라의 분위기로 볼 때 어찌 벼슬길에 나가려고 하셨을까마는 목숨을 희생할 마음으로 벼슬을 맡으셨다. 그때 당신이 물러나시면 세상 사람들이 더욱 믿고 기댈 곳이 없을 줄을 헤아리시고 오직 나라 위한 일편단심으로 몸을 바쳐 나라와 함께 죽으려 하셨다. 그러니 어느 때인들 두렵지 않으시며 어느 날인들 애태우며 초조하지 않겠는가.

3월 말에 경모궁께서 몰래 평안도를 다녀오셨는데 이는 평안 감사가 화완 옹주의 시삼촌인 정휘량이라서 가능했다. 경모궁께서 그곳으로 가더라도 영조께 감히 이르지 못할 줄 알고 가신 것이었다.

경모궁께서 '나는 세자다.'라고 아니 하시더라도 평안 감사 정휘량이 어찌 몰라보고 가만히 있었을까. 음식을 대령하고 행차에 필요한 모든 것을 가져다 바치며 애를 태우고 있었다. 그런 와중에 경모궁께서 평양성 밖 장림이란 곳을 지나칠 즈음에는 피까지 토했다 한다. 정휘량은 조심성이 많았고 영조께서 화완 옹주를 편애하시니 늘 화완 옹주가 자신에 대해서 영조께 좋지 않은 말을 할까 두려워했는데, 그때 얼마나 놀라고 두려웠을까.

경모궁께서 평안도에 몰래 가신 후에 내 근심은 말할 것도 없고 아버지께서도 안절부절못하시며 궁 밖 출입에 애를 태우셨다. 아버지는 넌지시 평안 감사 정휘량에게 소식을 들으시고 일이 어떻게 될지 몰라서 계속 대궐에 계셨다. 혹 집에 돌아오셔도 마루에 앉아 밤을 새우시니 그때 마음이 어떠하셨을까. 경모궁께서 하시는 일을 영조께 차마 아뢰지 못할 것이요, 또한 무엇을 가지고 경모궁을 말릴 수가 있으리오. 아버지께서는 오로지 세손만 보전하

려고 고심하셨다. 모르는 사람들은 아버지께서 경모궁을 잘 보필
하지 못했다고 책망하지만 그저 겪으신 일들이 험하다고 할 뿐이
니, 참으로 서럽고 서럽도다.

경모궁께서는 평안도를 구경하신 지 이십여 일 만인 4월 20일
후에야 돌아오셨다. 나는 계속 애를 태우며 초조해했는데, 경모궁
께서 돌아오시니 도리어 아무 말도 못 하였다. 경모궁께서 평양에
가 계시는 동안 내관과 약속하여 '병환이 있다' 하고 내관 유인식은
방에 누워 경모궁인 체 말을 했으며, 내관 박문흥은 경모궁 하실
여러 가지 일들을 처리하였다. 무섭고 망측하여 어찌 다 기록할 수
가 있을까.

5월에 사헌부 장령 윤재겸이 경모궁의 평양행을 말리지 못한 자들과 이를 방조한 자들을 처벌하라는 상소를 올렸다. 이런 간언*은 신하가 맡은 바 일을 행한 것으로 당연하다. 하지만 경모궁께서 그런 것을 아실 처지가 아니었고 영조께서 아시면 무슨 변이 날 줄 모르는 상황이니, 간언할 것이 아니었다.

　　경모궁께서는 평양을 몰래 다녀오신 후 마음을 좀 잡으시는 듯하여 신하들도 불러 보고 세자 수업도 받으셨다. 내가 혹 진정하실까 간절히 바라는 마음이 생기는데, 그 마음이 도리어 불쌍하였다. 그 후 조정 회의에서 홍계희가 무어라고 아뢰니 경모궁께서 엄하게 명령하시고 나무라셨다. 그 모습이 병환이 나으신 듯하여 아버지께서 기뻐하시며 나에게 소식을 전하셨다.

　　5월 10일이 지나 경모궁께서 처음으로 경희궁에 가서 영조께 문안하시니 천만다행으로 별 탈 없이 다녀오셨다. 나도 그달 보름께 세손과 함께 경희궁에 올라가서 영조 임금과 선희궁을 뵈니 가슴이 막혀서 무슨 말씀을 할 수 있으리오.

　　경모궁께서 6월에 학질을 얻으셔서 여러 달을 안타깝게 지내시니 봄부터 몰래 궁 밖을 다니시느라 옥체를 잘못 다루어 병환이 나신 것 같았다. 만고 없는 흉한 일을 겪다 보니 차라리 그때 학질로

* **간언** 웃어른이나 임금에게 옳지 못하거나 잘못된 일을 고치도록 하는 말.

돌아가셨으면 하는 마음마저 들었다.

8월에 학질이 나으셨다. 9월에 영조께서 《승정원일기》를 보시다가 서명응의 상소에 경모궁께서 평양을 갔다는 말이 있으니 비로소 아시고 큰 난리가 있었다. 당시 영조께서는 경모궁이 계신 창덕궁으로 가려 하셨고 내관들도 처벌하시니 어찌 큰 난리가 일어나지 않았겠는가. 그러나 그때 큰 변란이 나지 않은 것은 평안 감사 정휘량이 힘을 쓴 덕이었다.

내가 어려서부터 영조께서 하시는 일을 겪었는데, 작은 일은 까다롭게 따지시지만, 큰일이 생기면 도리어 작은 일보다 화를 덜 내셨다. 경모궁께서 사람을 죽였다는 말씀을 들으시고는 '세자가 마음이 상하여 그렇지.'라고 도리어 위로했던 것처럼 평양 다녀오신 것을 아신 후에 처분이 어떠하실까 했으나 결국 커지지 않았다. 너무 큰일이어서 도리어 화를 참으셨던 것 같았다.

그때 영조께서 오신다는 말씀을 듣고 경모궁께서는 벌여 놓은 병장기들을 모두 치우시고 당신도 무사하지 못할 듯하여 불안해하며 기다리셨다. 당시는 여러 해 동안 정답게 하는 말씀을 듣지 못했는데 그날은 내게 이렇게 말씀하셨다.

"아마도 무사하지 못할 듯하니 어찌해야 할까?"

"안타까운 일이지만 설마 어찌하시겠습니까?"

"왜 그럴까? 하기는 세손은 귀여워하시니 세손이 있는 이상 날

없애도 상관없지 않은가?"

"세손이 세자의 아들인데 부자가 화와 복이 같지, 어찌 다르겠습니까?"

"자네는 생각이 모자라는군. 나를 미워하심이 점점 심해져 나를 폐하고 세손을 돌아가신 효장 세자의 양자로 삼으면 어찌하겠는가?"

그 말씀을 하실 때는 병환 기운도 없고 처량하게 말씀하시니 참으로 슬프게 들렸다.

"그럴 리 없습니다."

"두고 보소. 자네는 귀하게 여기시니, 내 부인이로되 자네는 물론 자식들도 무사하겠지만 나는 병이 들어 이러하니 어찌 살게 하겠는가?"

이 말을 듣고 내가 슬퍼서 그만 울었다.

그 뒤 1764년에 세손을 효장 세자의 양자로 삼는 일을 당하여 경모궁께서 미래의 일을 짐작하여 말씀하시던 일이 생각났다. 경모궁께서 미래의 일을 능히 헤아리시니 그날 하신 말씀이 참으로 원통하였다.

영조께서 오시지 않아서 재앙이 벌어질 조짐이 조금 진정되었다. 그러나 시간이 지나니 병환 증세가 그대로 더하셨다. 10월 즈음에는 병세가 더욱 심해졌다. 그때 세손빈을 정했는데, 청풍 김씨의 집안으로 대대로 덕망 있는 명문 가문이었다. 세손빈을 간택할 때에 참판 김시묵의 딸이라 쓰인 것을 경모궁께서도 보시고 마음에 들어 화완 옹주에게 말씀하셨다.

"이곳이 안 되면 어찌 될지 네가 알 것이다."

그런데 영조께서는 윤득양의 딸에게로 마음이 기울었고 궁중의 다른 의견들도 그러했다. 경모궁께서 세손빈 간택하는 자리에 가지 못하시니 내 어찌 혼자 가겠는가. 경모궁께서 김시묵의 집이 안 될까 걱정했는데 다행히 세손빈으로 김시묵의 딸이 결정되니 매우 기뻐하셨다.

두 번째 간택이 있은 뒤 빈궁이 천연두를 앓고, 이어 세손도 천연두를 앓아 12월 초순에야 나았다. 영조께서 기뻐하셨고 경모궁께서도 즐거워했는데 이런 때는 마치 병환이 없으신 듯하였다. 내가 두 손 모으고 기도하며 무사히 낫기를 천지신명께 빌었던 일과 아버지께서 밤낮으로 애태우던 정성이야 더 말할 것이 있으리오. 조상께서 도우셔서 세손과 빈궁이 차례로 나으시고 12월에 삼간택을 하니 그 경사를 어찌 말로 표현하겠는가.

세 번째 간택하는 날, 부모를 보이지 않을 수 없어 영조께서 경모궁과 나를 오라 하셨다. 세손과 빈궁을 볼 일이 기뻤으나 한편으로 경모궁께서 무사히 다녀오실까 가슴 조였더니 염려하던 일이 벌어지고야 말았다.

경모궁께서 의대 병환으로 옷 한 벌 입으시는데 여러 번을 바꾸시고 망건도 여러 번 바꾸셨다. 마침 경모궁께서 쓰실 망건의 옥관자*를 찾지 못하여 공교롭게도 정3품 벼슬아치들이 붙이는 관자를 붙이고 가셨다. 관자가 크고 이상하여 경모궁께서 할 것은 아니었지만 그리 큰일은 아니었다. 그러나 경희궁에서 임금을 뵙자, 영조께서 그 관자 때문에 크게 화를 내시며 "간택은 보지 말고 돌아가라." 하셨다. 그 일은 정말로 슬프고 그렇게까지 하지 않아도 될 일

이었다. 경모궁께서는 며느리를 보시지도 못하고 돌아가셨으니 가시는 마음이 어떠했을까. 그런데도 경모궁께서는 화도 내지 않으시고 공손히 다시 창덕궁으로 내려가려 하셨다.

나는 나중에 죽을지언정 세손빈을 보려고 갔다. 그런데 아무리 생각해도 경모궁

* **옥관자** 옥으로 만든 고리.

께서 삼간택까지 보시지 못하는 것은 너무나 안된 일인 것 같아서, 정순 왕후와 선희궁, 그리고 화완 옹주께 말씀드렸다.

"세손빈이 간택을 마치고 어의궁으로 가는 길에 창덕궁을 지나니 위(영조)에 여쭙지 말고 왕세자께 인사를 시키는 것이 어떻습니까?"

그분들도 모두 한결같아서 내관에게 일러 세손빈을 경모궁께 데리고 갔다. 경모궁께서는 간택을 보러 왔다가 며느리를 보시지도 못하고 그냥 내려오면서 마음이 언짢고 어이없고 서러우셨다. 그때 "세손빈 데리고 오나이다." 하니, 반기시며 그 며느리를 어루만지시고 기특히 여기며 좋아하셨다. 세손빈을 밤중에야 거처로 보내니, 어쩔 수 없는 형편으로 데려왔으나 영조 임금을 속인 것 같아 죄송하였다.

경모궁께서 날로 서럽고 병환이 더해서 부왕을 향하여 불손한 말씀이 점점 끝이 없으니 이 어찌 망극하지 않겠는가. 마음이 초조하고 불안하여 내 목숨이 언제 어떻게 될지 몰라 어서 대례나 무사히 치르기를 빌었다.

해가 바뀌어 경모궁께서 참변을 입으신 1762년이 되었다. 세손의 혼례를 2월 2일로 잡았다. 어서 날이 지나서 혼례를 잘 치르길 빌었는데 1월 10일 갑자기 경모궁께서 목감기가 심하게 걸리셨다. 다행히 침을 맞고 곧 회복하시니 천만다행이었다.

혼례 날이 되자 인륜을 저버리지 못하여 영조께서 경모궁께 세손을 데리고 오라 하셨다. 세손이 먼저 가고 경모궁께서 그다음에 와서 혼례 올리는 것을 보셨다. 한집에서 할아버지, 아들, 손자 삼대가 모여서 손자의 예식을 치르니 그런 즐거움과 경사가 어디 있으리오.

초례를 지내고 대례는 경희궁 광명전에서 지냈다. 경모궁은 즙희당에서 머무시고 세손과 빈궁은 광명전에서 밤을 지내었다. 이튿날 영조 임금과 정순 왕후, 경모궁과 내가 세손빈의 인사를 받을 때, 영조 내외분은 북쪽 의자에 앉으시고 경모궁은 동쪽에, 나는 서쪽에 앉았다.

세손빈이 어리고 걸음이 쉽지 않아 시간이 많이 걸렸다. 그사이 영조 임금과 경모궁이 서로 대하신 지 오랜지라, 영조께서는 동궁을 보기 싫으시고 말씀도 참으시니 기색이 어찌 좋겠는가. 나는 경모궁께서 아무 말씀 안 하시기를 빌며 직접 나가 세손빈을 재촉하여 들여세웠다. 그런 후에 임금께는 밤과 대추를, 왕비께는 육포를 쟁반에 담아 드리게 하니, 이런 다행스러운 일이 또 있겠는가. 경모궁께서는 그저 어려워하시면서도 사흘 동안의 가례를 보고 가려 하셨다. 이러실 때에는 병 증세가 전혀 없으시니 당신을 좋게만 대접하면 그래도 나은 듯하였다. 영조께서 인정상 혼례를 못 보게 할수 없어 경모궁을 오라 하셨으나 신부의 인사까지 받았으니 더 머물게 하실 뜻은 없었다. 그러나 내게는 혼례 일정을 다 보고 가게 하셨는데, 나만 홀로 있기가 난처하여 겨우 핑계를 대고 경모궁을 뒤따라 나왔다.

세손과 빈궁이 3일 후에 창덕궁으로 내려왔다. 경모궁께서 기다리다가 좋아하시며 빈궁을 데리고 정성 왕후의 넋을 모신 휘령전에 참배를 하게 하시고 다시 슬픔에 잠기셨다. 이렇게 지내실 때는 본심이 돌아오셔서 그 며느리를 과연 사랑하셨다.

•

"아버님 아버님, 잘못하였습니다. 이제는 하라시는 대로 하고,

글도 읽고 말씀도 다 들을 것이니 이리 마십시오."

•

경모궁,

뒤주에 갇히다

3월이 되어 병환이 더욱 중해지셨고 더 많은 일이 생겼으니 차마 내 붓으로 어찌 쓸 수 있을까. 화병이 나면 내관들에게 감히 못할 말을 시키시고 그것들은 죽는 것이 무서워 큰 소리로 망측스러운 말들을 했다. 그저 하늘이 무서워 얼른 죽어 아무것도 모르고 싶었다.

경모궁께서는 1756년에 마시지도 않은 술로 인해 혼이 나셨던 일을 원통하게 여기시더니 영조께서 하시던 말씀처럼 금주가 엄격한 때에 궁중에 술을 들여놓으셨다. 그러나 본래 주량이 적으셔서 변변히 마시지도 못하면서 궁중에 술만 마구 흩어지게 하니 어떻게 근심이 되지 않겠는가.

1760년 이후로 경모궁께서 죽인 궁녀와 내관들이 많았다. 그 수를 제대로 기억하지 못하지만 뚜렷하게 기억나는 이가 서경달이다. 서경달은 궁중에서 쓰는 곡식, 잡물, 노비에 관한 일을 맡아 했는데 물건을 늦게 가져왔다고 죽였다. 그때 교대로 시중드는 내관들이 여럿 상했고, 선희궁의 궁녀도 한 명 죽으니 점점 어려운 지경에 이르렀다.

　　1761년 경모궁께서 궁 밖을 나가셨다가 여승 하나를 데려오시고, 또 평양에 다녀오실 때에 기생 하나를 데려다가 궁중에 두셨다. 그리고 잔치를 베풀면서 내관의 아내들과 기생들까지 들여와서 잡스럽게 뒤섞이니 차마 볼 수 없는 지경이었다.

　　2월 말에는 화완 옹주를 오라고 하셔서 당신의 병환이 서러워서 이렇게 지낸다고 하셨다. 화완 옹주도 겁을 내어 서러워하며 영조께 불손한 말을 하니, 나는 차마 그 말을 듣지 못하고 죽기를 각오하고 거들지 않았다. 경모궁께서 화완 옹주를 데리고 궁궐의 이곳저곳에서 잔치를 하셨다.

3월은 아무 경황없이 지내고 4월이 되었다. 경모궁의 거처가 어찌 사람 사는 곳 같겠는가. 죽은 사람의 빈소 같았다. 다홍색으로 붉은 깃발을 만들어 세우고 시신을 놓는 평상 같은 것을 만들어 그 속에 숨기도 하셨다. 잔치를 하며 놀다가 밤이 깊으면 위아래가 모두 지쳐 자는데, 상 위의 음식들은 가득하게 늘어놓은 채 그대로였다. 그 모습이 마치 귀신의 일만 같았다.

장님들을 불러 점을 치다가 말을 잘못하면 죽이고, 의원이며 역술인들도 죽였다. 하루에도 죽은 시체를 여럿 치웠으니 안팎으로 두려워 심히 말들이 많았다. 경모궁의 본바탕은 원래 거룩하셨건만 그 착한 본성을 잃으시고 아주 그릇되었으니 이를 어찌 차마 말하겠는가.

5월에는 갑자기 땅을 파고 그 속에다 세 칸짜리 집을 짓고 무덤처럼 만들었다. 문은 위로 내었고 널판 뚜껑은 사람이 겨우 드나들 만큼 작게 만들어 그 널판 위에 떼*를 덮으니 집을 지은 흔적도 없어졌다. 이는 영조께서 오셔서 당신이 하는 것을 찾으면 군사 물품과 말까지 다 감추시려는 것 같았다. 이 모든 일들이 귀신이 시킨 듯했으니 사람의 힘으로는 더는 어쩔 도리가 없었다.

그달에 선희궁께서 세손 혼례 후 처음으로 세손빈도 보실 겸 창

* **떼** 흙이 붙어 있는 상태로 뿌리째 떠낸 잔디.

덕궁으로 내려오시니 경모궁께서 너무 반가운 나머지 귀하게 여기심이 지나쳤다. 아마 마지막으로 헤어질 것을 알고 그러하셨는지 모른다. 잡수시는 음식과 잔칫상을 거룩하게 차리니 과일은 높고 높게 올리고, 인삼과까지 하여 놓았다. 경모궁께서 어머님이 오래 사시라고 시를 짓고 술잔을 올리는데 남은 것 없이 모두 받들어 올렸다.

또 후원에 모셔 갈 때는 선희궁께서 타는 작은 가마를 임금께서 타시는 큰 가마처럼 만들었다. 선희궁께서 싫다고 꺼리시는데도 결국 우겨서 타게 하셨다. 게다가 앞에는 큰 깃발을 올리고 거창하게 음악까지 연주하였다. 그 모양이 왕세자로서 효도로 봉양하는 일이었으나, 선희궁께서는 경모궁이 병환으로 이러한 것을 알고 더욱 놀라셨다. 선희궁께서 나를 보고 눈물을 흘리면서 "이 일을 앞으로 어쩌면 좋으냐?" 하시며 탄식하셨다.

겨우 며칠만 묵고 올라가시니 어머님도 우시고 아드님도 슬퍼하시는 게 영영 이별하는 것만 같았다. 나도 살아서 다시 뵈올 것 같지 않아서 마음이 칼로 베인 것처럼 아팠다.

그해 2월 영의정 신만이 삼년상을 마치고 다시 돌아와 정승을 하고 있었다. 영조께서 3년 동안 못 보셨다가 다시 보시니 새 사람을 만난 것처럼 즐겁게 말씀하셨는데, 그것들이 모두 경모궁에 관한 말씀이었다. 경모궁께서는 당신의 흉허물이 신만으로 하여금

알려졌다 생각하고, "그 정승이 복이 없고 밉다." 하시며 점점 그를 미워하고 무서워하셨다. 혹시나 신만이 영조께 무슨 헐뜯는 말이나 할까 봐 더욱 화가 돋으셔서 점점 일이 어렵게 되었다.

그러던 와중에 5월 22일 나경언의 일이 터졌다. 나경언은 경모궁이 궁녀를 살해하고, 여승을 궁중에 들여 풍기를 문란했으며, 평안도에 몰래 다녀왔고, 더 나아가 모반*을 일으키려 한다고 고발하였다.

일이 이렇게 되자, 영조께서 직접 나경언을 친국하시고 곧바로 경모궁을 부르셨다. 경모궁이 어찌할 겨를도 없이 급하게 걸어 영조께 가시니 그 모습이 어떠하리오. 가뜩이나 어려운 지경에 있었는데, 나경언처럼 흉한 놈이 나와서 병환은 더 말할 것도 없고 부자 사이는 더 험악해졌다. 영조께서 나경언을 사형시키니 경모궁께서는 억울함을 풀 데가 없으셨다. 결국 나경언의 동생 나상언을 잡아다가 시민당 손지각 뜰에서 벌을 내리며 일을 시킨 자를 물으셨으나 상언이 자백하지 않았다.

이 사건으로 경모궁께서는 영의정 신만을 더욱 미워하시며 아비의 죄를 물어 신만의 아들 신광수를 잡아다 죽이려 하셨다. 신광수는 화협 옹주의 남편이었다. 경모궁께서 신광수를 오늘 잡아 온

---

* **모반** 국가나 군주를 뒤엎으려고 일을 꾀함.

다 내일 잡아 온다 했는데, 신광수가 아직 죽지 않을 때였는지 얼른 잡아 오지는 않으셨다. 그러다가 신광수의 관복, 물품, 패물과 띠까지 전부 가져다가 불사르니 그의 목숨이 떨어지는 것은 시간 문제였다. 선희궁께서 신광수를 아낀 것은 아니었지만 일이 이 지경에 이르니 몹시 안타까워하셨다.

경모궁께서 물 흐르는 곳을 통해서 임금 계신 윗대궐로 간다고 하다가 못 가시고 다시 오시니 그때가 윤오월 11일과 12일 사이였다. 상황이 이러니 어찌 소문이 나지 않을까. 모든 일들이 본심으로 하신 것은 아니었지만 정신을 잃고 홧김에 하신 말씀들은 마치 귀신이 씌어서 하는 말 같았다.

"병기를 가지고 일을 내야겠다."

"칼을 차고 가서 일을 치르고 오고 싶다."

만약 조금이라도 온전한 정신이었다면 어찌 부왕을 죽이고 싶다는 극언까지 했겠는가. 당신이 이상하게도 기구한 운명을 타고나 천명을 누리지 못하고 만고에 없는 일을 겪을 팔자이시기에 하늘이 그 흉악한 병을 들게 해서 그토록 만든 것이라. 하늘아, 하늘아, 어찌 이렇게까지 만드셨는가.

선희궁께서 병드신 아드님을 아무리 꾸짖은들 고쳐질 리 없고 다른 아들도 없이 경모궁께만 몸을 맡겨 계시니 어머니 마음으로 어찌 차마 망극한 일을 하고자 했겠는가.

경모궁 병세가 이미 부모를 알아보지 못할 만큼 심하나 모자지간의 정으로 차마 마음을 정하지 못하고 계속 늦추고 계셨다. 그런데 경모궁의 병증이 심해져 주위를 알아보지 못하고 상상 밖의 일을 저지르신다면 사백 년 조선의 역사를 어찌하리오. 선희궁께서는 자신의 도리로는 임금을 먼저 보호하는 것이 큰 뜻에 옳고, 비록 경모궁은 친아드님이지만 이미 병으로 어쩔 수 없는 지경에 이르렀으니 차라리 몸을 없애는 것이 옳다고 여기셨다.

효종 이후에 현종과 숙종까지 삼대의 왕통이 다른 핏줄이 없어서 모두 외롭게 대를 이었는데 그 쓸쓸한 핏줄이 세손에까지 이어졌으니 천만번 생각해도 나라를 보존하는 길이 그 길밖에 없다고 여기셨다. 그리하여 선희궁께서 13일에 내게 편지하셨다.

"세자가 정변을 일으킨다는 어젯밤 소문이 무섭도다. 일이 이왕 이렇게 된 바에는 내가 죽어 모르거나, 산다면 종사를 붙들어야 옳고 세손을 구하는 일이 옳다. 내가 살아서 빈궁을 다시 볼 줄 모르겠노라."

내가 그 편지를 붙들고 눈물을 흘렸다. 하지만 그날 큰 난리가 일어날 줄 어찌 알았겠는가.

윤오월 13일. 그날 아침에 영조께서 경현당 관광청에 와 계셨다. 이때 선희궁께서 울면서 고하셨다.

"세자의 병이 점점 깊어 이제는 더 이상 바랄 것이 없사오니,

어미 된 자로서 차마 올릴 말씀은 아니나 옥체를 보호하고 세손을 건져 종사를 평안하게 하는 일이 옳으니, 대처분을 하소서."

그리고 이어서 또 말씀하셨다.

"설사 그리하셔도 부자 사이에 정이 있고 병으로 그러하니 병을 어찌 꾸짖겠나이까. 처분은 하시되 은혜를 베푸시어 세손 모자를 평안하게 해 주소서."

내가 차마 아내로서 이 일을 옳다고는 할 수 없으나 어쩔 수 없는 일이었다. 그저 나도 경모궁을 따라서 죽어 모르는 것이 옳았으나 세손 때문에 차마 결단할 수가 없었다. 내 겪은 일이 기구하고 흉악함을 서러워할 뿐이다.

영조께서 말씀을 들으시고 조금도 시간을 끌지 않고 즉시 창덕궁으로 갈 것을 명했다. 선희궁께서는 가슴을 치며 기절할 듯이 힘들어하시며 음식을 끊고 누워 계시니 만고에 이런 일이 또 어디 있겠는가.

전부터 영조께서 선원전에 오시는 길이 두 가지 있었다. 만안문으로 오시면 탈이 없고 경화문으로 오시면 탈이 났는데, 이날은 경화문으로 나오셨다.

경모궁께서는 11일 밤에는 물 흐르는 곳에 다녀오셔서 물에 빠지셨고 12일은 통명전에 계셨는데 그날 대들보에서 부서지는 큰 소리가 들렸다. 경모궁이 들으시고 놀라며 소리쳤다.

"아마도 내가 죽으려나 보다. 이게 웬 소리인가?"

영조께서 오신다는 소식을 듣자 경모궁께서는 겁이 나서 가지고 놀던 군사 기구와 말을 감추라고 했다. 그러고는 가마를 타고 경춘전 뒤로 가시며 나를 오라고 하셨다. 점심때가 되었는데 갑자기 까치 떼가 경춘전을 에워싸고 울었다. 이것이 무슨 징조인지 이상하였다. 세손이 환경전에 계셨으므로 내 마음이 급하고 정신없는 가운데도 세손이 어찌 될지 몰라 그곳으로 내려갔다. 나는 세손에게 말했다.

"무슨 일이 있더라도 놀라지 말고 마음을 단단히 먹으라."

그때 경모궁께서 나를 덕성합으로 오라고 재촉하기에 가서 뵈었는데, 그 장하던 기운이 보이지 않고 언짢은 말도 없이 고개를 숙이고 깊이 생각에 잠겨 벽에 기대어 앉아 있었다. 경모궁께서 나를 보면 마땅히 화를 내리라 여기며, 나는 그날 목숨이 끊어질 것으로 생각해서 세손을 타이르며 앞일을 부탁하고 왔었다. 그런데 생각과 다르게 경모궁이 이상하게 말씀하셨다.

"아마도 이상하네. 자네는 다행히 살겠네. 그 뜻들이 무서워."

내가 눈물을 흘리며 말없이 손을 비비고 앉았다. 그때 영조께서 휘령전으로 오셔서 경모궁을 부르신다는 전갈이 왔다. 경모궁께서는 어찌 된 까닭인지 피하자거나 달아나자는 말씀도 없으시고 좌우 사람을 물리치지도 않으면서 조금도 화내는 기색이 없었다. 용포를 달라고 해서 입으시면서 말씀하셨다.

"내가 학질을 앓는다고 하려 하니, 세손의 휘항을 가져오라."

학질에 걸린 사람은 추위를 느끼니 환자임을 보이려고 한여름인데도 방한 모자인 휘항을 가져오게 하신 것이다. 내가 세손 휘항은 작으니 당신 휘항을 쓰시라고 궁녀에게 가져오게 하였다. 그러자 뜻밖의 말씀을 하셨다.

"자네는 참으로 무섭고 흉한 사람일세. 자네는 세손 데리고 오래 살려고 하는데, 내가 오늘 나가 죽겠기에 그것이 꺼려져 세손 휘항을 쓰지 않게 하니 그 마음을 알겠네."

내 마음은 그날 그 지경에 이를 줄은 모르고 한 말이었으나 천만뜻밖의 말씀을 하시니, 내가 더욱 서러워 세손의 휘항을 가져다 드렸다.

"전혀 마음에 없는 말이니, 이 휘항을 쓰소서."

"싫다! 꺼려 하는 것을 써서 무엇 하겠는가."

날이 늦고 재촉이 심하여 나가시니 영조께서 휘령전에 앉으시어 칼을 갖고 두드리시며 그 처분을 하시니라. 차마 망극하여 어찌 그 광경을 기록하리오. 서럽고 서럽도다.

경모궁께서 나가시자 영조께서 몹시 성내시는 음성이 들려왔

다. 휘령전과 덕성합이 가까워서 사람을 담 밑으로 보내어 보니 경
모궁께서 벌써 용포를 벗고 엎드려 계시다고 했다. 큰 조치가 내리
는 줄 알고 가슴이 찢어지는 듯했다.

　거기 있어 봐야 쓸데없어서 세손이 계신 곳으로 와서 서로 붙잡

고 어찌할 줄 몰랐는데 오후 네 시쯤 되어 내관이 들어와 밧소주방
의 쌀 담는 뒤주를 내라고 하니 이 어찌 된 일인가. 왜 그러는지 당
황하여 뒤주를 내지 못하였는데, 세손이 휘령전으로 들어가서 "아
비를 살려 주옵소서." 하였다. 영조께서 "나가라!" 명하시니 세손

이 어쩔 수 없이 나와 앉아 있었다. 세손을 내보낸 후 해와 달이 빛을 잃고 하늘과 땅이 뒤집혔으니 내 어찌 잠시나마 세상에 머물 마음이 있겠는가. 칼을 들어 목숨을 끊고자 했으나 곁에 있는 사람이 빼앗아 뜻을 이루지 못했고 다시 죽고자 했지만 쇠붙이가 없어서 하지 못했다.

숭문당에서 휘령전으로 나가는 건복문 밑으로 가니 아무것도 보이지 않고, 다만 영조께서 칼을 두드리시는 소리와 경모궁께서 "아버님 아버님, 잘못하였습니다. 이제는 하라시는 대로 하고, 글도 읽고 말씀도 다 들을 것이니 이리 마십시오." 하는 소리가 들리더라. 그 소리를 들으니 내 간장이 마디마디 끊어지고 눈앞이 막막하니, 가슴을 두드린들 어찌하리오. 당신의 씩씩한 용기와 힘으로 뒤주에 들어가지 마실 일이지 어찌하여 들어가셨을까. 처음에는 뛰어나오려 하시다가 이기지 못하여 결국 그 지경에 이르니 하늘이 어찌 이렇게 내버려 둘 수가 있단 말인가. 예부터 이런 설움은 없었으니 내가 문 밑에서 통곡을 해도 경모궁께서는 응하심이 전혀 없었다.

세자가 벌써 폐위*되었으니 그 아내와 자식이 대궐에 있지 못할 것이었다. 세손을 그냥 밖에 두어서는 어찌 될까 두렵고 조마조

---

* **폐위** 왕이나 왕비 등을 그 자리에서 쫓아냄.

마하여, 건복문 앞에 앉아 영조께 글을 지어 올렸다.

"처분이 이러하시니 죄인의 아내 된 자로 편안히 대궐에 있기도 황송하고, 세손을 오래 밖에 두려니 귀중한 몸이 어찌 될지 두렵습니다. 이제 저를 친정으로 가게 해 주소서. 또 하늘 같은 은혜로 세손을 보존하여 주소서."

얼마 지나지 않아서 오라버니 홍낙인이 들어와 말씀하시며 통곡하였다.

"이제 세자를 폐위하여 보통 사람으로 만드셨으니, 빈궁도 더 이상 대궐에 있지 못합니다. 가마를 타고 나가십시다. 세손도 가마를 타고 나갈 것입니다."

나는 업혀서 가마에 올라 윤 상궁과 함께 타고, 많은 궁녀들이 뒤따르며 통곡하니 하늘과 땅 사이에 이런 비참한 광경이 어디 있을까. 내가 가마 안에서 기절하니 윤 상궁이 주물러서 겨우 목숨이 붙어 있었다.

친정집으로 나와서 나는 건넌방에 눕고 세손은 둘째 작은아버지와 아버지께서 모셔 나왔다. 세손빈은 자기 친정에서 가마를 가져와 청연과 함께 들려 나오니 이런 일을 당하고 차마 어찌 살리오. 스스로 목숨을 끊고자 했으나 못 하였다. 돌이켜 생각하니 나마저 죽으면 세손이 어찌 무사히 왕이 될 수 있을까. 참고 참아 끈질긴 목숨을 보전하고 하늘만 부르짖으니, 나 같은 모진 인생은 없을 것이다.

세손이 어린 나이에 놀랍고 망극한 모습을 보시고 그 서러운 마음이 얼마나 컸을까. 나는 세손이 놀라서 병이 날까 봐 안타까워하며 위로하였다.

"한없이 슬프나 모두 하늘이 하시는 일이다. 네가 몸을 평안히 하고 착하게 지내야 나라가 태평하고 임금의 은혜를 갚을 것이니, 서러워도 마음을 상하게 해서는 안 된다."

아버지께서는 궐내를 떠나지 못하시고, 오라버니도 벼슬에 매여 집과 대궐을 오가며 하시니 세손을 모실 사람은 두 동생뿐이었다. 막냇동생은 어려서부터 대궐에 들어와 세손을 모시고 놀았던 까닭에 그 아이가 작은사랑에서 세손을 모시고 자면서 8, 9일을 지내었다.

세손의 장인인 판서 김시묵과 그의 아들 김기대도 와서 세손을 뵙는다 하니 집이 좁은 데다 세손궁의 내관들이 모두 와서 머물기가 어려웠다. 그래서 남쪽 담장 아래에 있는 이경옥의 집을 빌려 세손빈을 모시고 있게 하였다.

그때 아버지께서는 파직되어 동대문 밖 교외에 머물면서 오래 계셨다. 영조께서 대처분하여 일이 더 어찌할 수 없게 된 후에 돌아오셨다. 영조께서는 아버지를 봐주시고는 다시 정승으로 임명하여 부르셨다. 아버지께서 뜻밖의 소식을 듣고 슬픔과 놀라움을 참고 달려 들어와 대궐 아래 이르러 기절하셨다. 세손이 이 소식을 들으시고 당신이 잡수던 청심원을 아버지께 보내어 겨우 깨어나셨다.

그때 아버지께서도 어찌 세상을 살아갈 뜻이 있으셨겠는가. 다만 아버지 뜻도 내 뜻과 같아서 오직 세손을 보호하시려는 정성만 있어서 경모궁을 따라 죽지 못하셨다. 모질고 흉한 목숨이 붙어 있으나 겪으신 일을 생각해 보면 어떻게 견딜 수가 있을까. 마음이 타는 듯 견딜 수가 없었다.

세손의 교육을 맡았던 박성원이 우리 집 대문 밖에까지 와서 말하였다.

"세손에게 석고대죄하시게* 하라."

당연한 일이지만 차마 어린아이에게 어찌하겠는가. 세손을 낮에는 집에서 지내시게 하였다.

대궐을 나온 후 아버지를 뵙지 못하고 슬퍼했는데, 그 이튿날 아버지께서 영조 임금의 명령을 받아 집으로 오셨다. 나와 세손이 아버지를 붙들고 길게 통곡했는데 아버지께서는 나에게 '네가 세손을 보전하여 구하라.'라는 영조 임금의 명령을 전하셨다. 그지없는 아픔을 겪고 있었지만 영조 임금께서 세손을 위하심이 측량할 길

---

* **석고대죄하다** 거적을 깔고 엎드려서 임금의 처분이나 명령을 기다리다.

이 없었다.

나는 세손을 어루만지며, 임금의 은혜가 계속 내리기를 두 손 모아 빌며 타일렀다.

"나는 네 아버님의 아내로 이 지경이 되었고 너는 아들로 이 지경을 만났다. 다만 운명을 서러워할 뿐이지, 누구를 원망하며 누구를 탓할 수 있겠느냐. 우리 모자가 지금 목숨을 보전하는 것도 임금의 은혜요, 우러러 의지하여 명령을 받들어야 할 분도 임금이시니, 너에게 바라는 것은 임금의 뜻을 받들어 힘을 쓰고 가다듬어 착한 사람이 되는 것이다. 그래야 성은도 갚고 네 아버님께 대한 효도가 되니 이 밖에 더 할 일은 없다."

아버지께서도 나와 세손을 붙들고 통곡하며 위로하셨다.

"이 뜻이 옳으니 세손이 나중에 성스럽게 되시면, 임금의 은혜를 갚고 아버님께도 효자가 되시는 것입니다."

날이 갈수록 나는 슬픈 처지를 생각하며 어찌할 바를 몰라 어질어질하여 누워 있었다. 대처분을 내린 이틀 뒤인 15일에는 영조께서 경모궁 갇히신 뒤주를 밧줄로 꽁꽁 묶고 풀로 덮어 놓으셨다. 경모궁 갇힌 데를 더욱 굳게 하시고 19일에 윗대궐로 올라가신다고 했다.

대궐에서 비단 한 조각도 내올 길이 없으니 시신에 입힐 옷조차 모두 아버지께서 준비해 주셨다. 경모궁께서 여러 해 동안 병환에 시달리실 때도 옷을 많이 대 주셨는데, 수의까지 마련하시며 마지막까지 정성을 쏟으셨다.

•

세손이 경모궁이 아니라 효장 세자의

대를 잇게 하라는 임금의 명령이 떨어졌다.

•

세손이
효장 세자의 아들이 되다

　20일 오후 세 시쯤 폭우가 내리고 천둥 번개가 쳤다. 경모궁께서 평소 그것들을 두려워했으니, 이 무렵에 돌아가셨을 것이다. 그때 나는 마음으로는 굶어 죽으려고도 하였고, 깊은 물에 빠져 죽고 싶기도 했고, 목을 맬 생각도 하고 칼을 들기도 여러 번 했지만, 약한 성격으로 결단하지 못했다. 밥을 먹을 수가 없었고 미음이나 냉수조차 먹은 일이 없었는데 목숨을 지탱한 것이 참 이상하였다. 20일 밤 더 이상 어찌할 수 없게 되셨다 하니, 비가 오던 때가 운명하신 때가 아닌가 싶었다.

　선희궁께서도 마지못하여 처분을 요청하셨지만 몹시 슬퍼하셨다. 그러면서 장례나 제때에 치러 주길 바랐으나 그마저 제대로 이

루어지지 않았다. 영조께서는 처분을 내리시고도 화가 내리지 않으셔서 경모궁과 가깝게 지내던 기생, 내관, 별감, 장인, 무녀들까지 모두 사형시켰다.

경모궁의 장례식에는 신하들의 상복을 옛날 법에 따라서 하려고 했다. 그러나 경모궁이 지녔던 물건을 확인해 보고 온갖 기이한 것들이 쏟아지자, 영조께서는 이마저도 허락하지 않으셨다. 이렇게 되자 세손이라도 지킨 것이 정말 하늘의 은혜가 아닐 수 없었다. 경모궁께서 병환으로 부득이 대처분을 받으셨지만 그래도 14년 동안 대리청정을 하신 동궁이시니 상복이나 제대로 입게 은혜를 베푸셨다면 좋았을 것이다. 하지만 그것조차도 영조께서 허락하지 않으시니 그저 서러울 뿐이었다.

장례를 치르려면 여러 물품이 준비되어야 하는데, 이를 위해서는 경모궁이 다시 세자의 지위를 회복해야 했다. 영조께서 지위를 회복시키지 않으려 했던 것은 아니었지만 일을 미루며 절차를 고민하고 망설이셨다. 그러다가 21일 밤에야 비로소 세자의 지위를 회복시키고 대신들을 불러 장례 절차를 정하셨다.

이때 아버지께서는 조금이라도 잘못하여 털끝만큼이라도 임금의 뜻을 어기면 영조께서 몹시 화를 낼 것이니 모든 일이 조심스러웠다. 자칫 내 집이 멸망하고, 세손을 보존하지 못할 수도 있었다. 아무쪼록 임금의 뜻을 잃지 않으면서 돌아가신 분도 저버리지 않고, 세손에게 해를 끼치지 않기 위해 아버지는 최선을 다하셨다. 아버지께서는 경모궁을 세자로 회복시킨 후 시호*를 받게 하셨고, 빈소는 시강원으로 정하셨다. 장례의 담당 기관도 모두 세자의 격에 맞도록 정하셨는데 아버지께서는 스스로 총책임을 맡아 감독하시며 작은 일도 빠뜨리지 않으셨다. 이때 아버지께서 나서지 않으셨다면 어느 신하가 감히 임금의 뜻을 받들 수 있었겠는가.

그날 아버지께서는 경모궁의 빈소를 시강원으로 정하고, 새벽에 집으로 오셔서 세손과 나를 궁으로 들여보낼 때에 내 손을 잡고 큰 소리로 목 놓아 우셨다.

"세손을 모시고 오래오래 사시며 늙도록 큰 복을 누리소서."

나는 궁궐로 들어와 시민당에서 머리를 풀고 울었으며 세손은 건복합에서 그랬고, 세손빈은 내 옆에서 청연과 함께 그러니 이런 슬픈 광경이 어디 있을까.

장례식 때에는 슬플 데가 이루 말할 수 없었으나 신하들은 상복을 제대로 입지 못했다. 제사를 담당하는 관리나 내관들도 모두 엷은 청색 옷을 입었을 뿐이었다. 어린 세손 내외와 경모궁의 두 딸은 시신을 입관하기 전까지 뵙지 못하게 했고 상복을 입히고 난 후에 곡을 하게 했다. 세손이 애통해하는 곡소리는 차마 듣지 못하겠

* **시호** 왕·왕비를 비롯해 벼슬한 사람 등이 죽은 뒤 왕으로부터 받은 이름.

으니, 누가 아니 감동하겠는가.

경모궁이 돌아가신 지 두 달이 지난 7월 장례를 치르니 그 전에 선희궁이 나를 보시고 관을 모신 곳을 향해 머리를 두드리며 가슴을 치고 통곡하셨다. 발인* 날 영조께서 친히 묘소에 가셔서 신주*를 써 주셨다. 7월에는 세손을 세자로 세워서 세손이 완전히 국본*이 되셨다. 세손이 세자로 책봉된 것은 임금의 은혜이지만 아버지께서 세손을 보호하셨던 충성의 결과이기도 했다.

8월에 영조께서 창덕궁 선원전에 낮 제사를 지내러 오시니 가 보지 않을 수가 없었다. 그때 내 마음이 얼마나 슬펐겠는가.

"저희 모자가 살아 있음이 다 성은이옵니다."

흐느끼며 아뢰었다. 그러자 영조께서 내 손을 잡고 우시며 말씀하셨다.

"내가 너를 보기가 어려웠는데, 네가 내 마음을 편안하게 해 주는구나. 네 마음이 참 아름답다."

이 말씀을 들으니 심장이 더욱 막히고 살아 있는 게 부끄러웠다. 이어서 아뢰었다.

* **발인** 장례를 지내러 가기 위하여 상여 따위가 집에서 떠남.
* **신주** 죽은 사람의 이름과 죽은 날짜를 적은 나무패.
* **국본** 왕세자.

"세손을 경희궁으로 데려가셔서 가르치시길 바라옵니다."

"네가 세손을 보내고 견딜까 싶으냐?"

나는 눈물을 흘리며 다시 아뢰었다.

"세손이 떠나 섭섭한 것은 작은 일이요, 웃어른을 모셔서 배우는 것은 큰일입니다."

세손이 차마 나를 떠나지 못하여 울며 가셨으니, 내 마음이 칼로 베인 듯하나 참고 지내었다.

임금의 은혜가 커서 세손을 지극히 사랑하시고, 선희궁께서는 아드님에 대한 정을 세손께로 옮기셔서 모든 것을 지극정성으로 준비해 주셨다.

세손이 네다섯 살부터 글 읽기를 좋아하니, 경희궁과 창경궁으로 각각 떨어져 지냈지만 공부를 소홀히 할까 하는 염려는 하지 않았다. 다만 세손을 보고 싶은 마음은 날로 깊어졌다. 세손도 어머니를 그리워하는 정이 간절해서 새벽에 깨면 나에게 편지했고, 내 답장을 보고야 마음을 놓으셨다. 3년을 떨어져 지내면서 한결같이 그러는 것을 보면 세손이 조숙했다는 것을 알 수 있었다. 또 내가 자주 병이 나서 세손이 의원과 상의하여 약을 지어 보내 주었다. 십여 세 어린 나이에 효성이 지극하기가 말할 수 없었다.

그해 9월 영조께서 생일을 맞이해서 내 형편으로 가는 게 꺼려

졌으나 임금의 분부대로 부득이 올라갔다. 영조께서는 나를 보고 전보다 더 불쌍히 여기셨다. 내가 사는 집이 경춘전 남쪽의 낮은 집이었는데, 그 이름을 가효당이라 하시고 친히 쓰신 현판을 달게 하셨다.

"네 효심을 오늘 갚고자 이를 써 주노라."

내가 눈물을 흘리며 그것을 받고 감히 감당하지 못해 불안해했는데, 아버지께서 들으시고 감격하여 말씀하셨다.

"오늘 '가효' 두 글자를 현판으로 달게 하시니, 자손들에게 보배가 될 것입니다. 임금의 은혜는 물론이며, 아래에서 받드는 효성에 감탄할 것입니다."

또 아버지께서 임금의 은혜를 받들어 집안 편지에 '가효당'이라는 이름을 쓰게 하시니 감격이 뼈에 사무칠 것 같았다.

훗날 정조께서 날 위해 자경전을 지어 머물게 했는데, 내가 그때 처지가 높고 빛난 집에 있을 상황은 아니었지만 정조의 효성에 감동하여 애써 그 집에 있었다. 그리고 그 집에서 남은 생애를 마칠 생각으로 가효당 현판을 옮겨서 자경전 윗방 남쪽 문 위에 걸었으니 영조 임금의 은혜를 잊지 않기 위해서였다.

경모궁께서 돌아가신 일은 만고에 없던 불행한 일이었다. 당신은 그 지경이 되었으나, 다행히 아들을 두어 자취를 잇고 또 세손의 효성이 지극하니 다른 일이 있을 줄 꿈에나 생각했을까.

1764년 2월에 세손이 경모궁이 아니라 효장 세자의 대를 잇게 하라는 임금의 명령이 떨어졌다.* 이는 꿈에도 생각하지 못했던 일이다. 위에서 하신 일을 아랫사람이 감히 어떻다 말할 수는 없지만 그때 내 마음은 이루 말할 수 없을 만큼 슬펐다. 또 선희궁께서 식음을 전폐하고* 가슴 아파하시던 일을 어찌 다 기록할 수 있을까.

세손이 어린 나이에 아버지를 잃는 큰 슬픔을 겪고, 거기에다 죽은 효장 세자의 아들로 입양되는 일까지 당하니 무척 애통해하셨다. 효장 세자의 대를 잇게 된 이상 상복을 계속 입을 처지가 아니니, 영조께서 세손에게 상복을 벗고 예법을 따르도록 했다. 세손이 상복을 벗을 때 그 우는 소리가 하늘을 찔렀고 하늘과 땅이 막히는 설움보다 더했다.

가슴이 터질 듯하여 곧 죽고자 했으나 내가 죽으면 세손이 더욱 서러워하고 외로울 것이기에 참고 참았다. 다시 마음을 굳게 잡아 세손을 위로하며 타일렀다.

"서러울수록 귀한 몸을 보호하고, 비록 한이 맺혀 있으나 착하게 자라서 아버님 뜻에 보답하는 것이 옳다."

* 정조는 법적으로는 효장 세자의 아들이다. 역적의 자식이 왕이 될 수는 없으니 효장 세자의 아들로 그 지위를 바꾼 것이다.
* **전폐하다** 아주 그만두다.

세손이 온종일 음식을 먹지 않아 몸이 몹시 상하였다.

그날이 2월 22일이다. 영조께서 선원전에 오래 머무르시며 내게 와 보시니, 내가 감히 무엇을 말할 수 있겠는가.

"우리 모자가 지금 살아 있는 것도 임금의 은혜이니 처분이 이러하셔서 슬프기는 하지만 무슨 말씀을 아뢸 수 있겠습니까?"

"네가 그리하는 것이 옳다."

그렇지 않아도 견디기 어려웠는데 이처럼 서러운 일이나 없으면 나았으련만 갈수록 내 운수가 사나우니 차라리 스스로 목숨을 끊고 싶었다.

7월 경모궁의 삼년상을 마치는 제사를 선희궁께서 내려와 지내셨다.

"이 가을이 지나면 우리끼리 서로 의지하며 지내자."

이렇게 약속하셨는데, 갑자기 큰 부스럼이 생겨서 7월 26일에 세상을 떠나셨다. 나의 슬픔이 어찌 예사로울 수 있었을까. 당신이 나라를 위하여 어머니로서 하지 못할 일을 하셨으니 비록 영조 임금을 위하는 일이었으나 그 슬픔이 오죽했을까. 선희궁께서는 자주 이런 말씀을 하셨다.

"내가 차마 못 할 일을 했으니, 내 자취에는 풀도 나지 않을 것이다. 본래 내 마음은 나라를 위하고 임금을 위한 일이었으나 생각해 보면 모질고 흉한 마음이니, 빈궁은 내 마음을 알겠지만 세손

남매는 어찌 나를 이해할 수 있을까?"

밤에 잠을 이루지 못하고 동편 툇마루에 나와 앉아 경모궁의 넋을 모신 창덕궁 쪽을 바라보며 속을 끓이셨다.

"내가 그 행동을 하지 않았어도 나라가 보전하였으려나. 내가 잘못한 것인가?"

그러다가 또 생각하셨다.

"그렇지 않아. 이 여편네의 연약한 생각이지. 내가 어찌 잘못하였으리오."

경모궁의 넋을 모신 궁에 다녀오시면 부르짖어 울고 슬퍼하시어 이것이 마음에 병이 되어 돌아가시니 더욱 슬프다.

경모궁께서 돌아가신 지 40년도 더 지난 지금 누가 나만큼 그 일을 잘 알까. 또 그 설움이 누가 나와 선왕(정조) 같을까. 나는 언제나 선왕께 아뢰었다.

"주상께서 비록 아드님이시나 그때 어린 나이여서 나만큼 자세히 모를 것입니다. 지나간 일은 무슨 일이든 저에게 물으시지 다른 사람의 시끄러운 말들은 곧이듣지 마십시오. 그것들이 한때 총애를 얻으려고 주상께 별 소문을 듣고 말씀드려도 모두 괴상한 말뿐일 것입니다."

대체로 경모궁의 죽음에 대해 세상에는 두 가지 견해가 있었다.

한 의견은 영조의 처분이 공정하여 하늘 아래 떳떳한 일이라고 하면서 공적으로 일컫는다. 이는 경모궁을 불효 죄로 몰아가는 것이다. 이러면 영조의 처분이 무슨 역적을 소탕하거나 난리를 평정한 것처럼 된다. 경모궁께서는 역적이 되는 것이며, 아드님 정조는 또 어떤 처지가 되는 것인가. 이는 경모궁과 정조 모두에게 망극한 말이다.

또 한 의견은 경모궁께서 본래 병환이 없는데 영조께서 헐뜯는 말을 들으시고 지나친 행동을 하셨다고 하니, 이 말이 경모궁의 원한을 푸는 것처럼 들린다. 하지만 이 말대로라면 영조께서 죄 없는 경모궁을 모함만 들으시고 처분한 것이 되니, 이는 영조의 큰 잘못을 드러내는 것이 된다.

두 의견이 모두 영조, 경모궁, 정조께 망극하고 실제와 어긋나는 일이다. 그해 8월 아버지께서 올린 상소처럼 경모궁의 병환이 지나쳐서 임금께서 위태로웠고 나라가 급박한 지경에 이르렀기에 영조께서 어쩔 수 없이 그 처분을 하신 것이다. 경모궁께서도 병환으로 천성을 잃어 당신 하는 일조차 스스로 몰랐었다. 병환이 든 게 잘못인데, 병은 성인군자도 피하지 못한다. 어떻게 경모궁께 조금이라도 과실이 있다고 말할 수 있는가.

경모궁께서는 망극한 병환으로 어쩔 수 없는 일을 당한 것이다. 그런데 위의 두 의견은 하나는 영조의 잘못이 되며, 다른 하나는 경모궁의 잘못이 되는 것이다. 따라서 이 두 의견을 말하는 자는 영조, 경모궁, 정조께 죄인이다.

한편은 영조의 처분이 거룩하다고 하면서도 아버지께 죄를 뒤집어씌우려고 아버지께서 뒤주를 들였다고 한다. 이런 말을 하는 놈들은 경모궁께서 돌아가신 일을 좋은 기회로 삼아서 저희 뜻대로 가지고 놀며 충신이라고 자처하는 자들이다. 어찌 이런 일이 있단 말인가.

경모궁께서 돌아가신 지 사십여 년 동안 그 일로 충신과 역적이 뒤섞이고 옳고 그름이 거꾸로 되어 지금까지 바로잡히지 않았다. 경모궁의 병환이 어쩔 수 없게 되어 영조께서 부득이 그 처분을 하신 것이며, 뒤주는 영조께서 스스로 생각하신 것이다. 나와 정조는 슬픔은 슬픔이고, 의리는 의리로 알아서 몸을 보전하여 나라를 지탱한 임금의 은혜에 감사하였다. 그때 여러 신하들이 어쩔 수 없게 되어 처분을 막지 못한 것을 훗날 사람들이 이러쿵저러쿵하는데, 경모궁께서 돌아가신 일은 불행한 일이지만 임금과 신하 사이에 어찌 이런 말들을 주고받을 수 있는가.

경모궁께서 돌아가신 과정을 내가 차마 기록할 마음이 없었으나 다시 생각해 보니, 경모궁의 손자이신 주상(순조)이 그때 일을 모르는 것이 슬프고, 또한 옳고 그름을 구분하지 못할까 두려워 마지못해 이 글을 쓰는 것이다. 그중에는 차마 일컫지 못한 일이 많다. 머리가 하얗게 센 늙은이가 능히 이 글을 써내니 사람의 목숨이 참으로 모질고 독하다. 하늘을 우러러 눈물을 흘리며 운명을 한탄할 뿐이다.

물음표로
따라가는
인문학 교실

고전으로 인문학 하기

고전을 읽으며 생겨나는 여러 질문에 답하며,
배경지식을 얻고 인문학적 감수성을 키워요.

고전으로 토론하기

고전을 다양한 시각으로 바라보며,
다르게 생각하는 힘을 길러요.

고전과 함께 읽기

함께 소개하는 다양한 작품을 통해,
인문학적 사고의 폭을 넓혀요.

고전으로 인문학 하기

● 《한중록》은 누가 언제 썼을까?

　《한중록》은 조선 후기에 혜경궁 홍씨가 쓴 수필집입니다. 혜경궁 홍씨는 사도 세자의 아내이자 정조의 어머니이죠. 혜경궁 홍씨가 누구인지는 몰라도 사도 세자를 모르는 사람은 없을 거예요. 뒤주에 갇혀 죽음에 이른 비운의 왕세자가 바로 사도 세자입니다. 게다가 사도 세자를 뒤주에 가둔 사람은 다름 아니라 사도 세자의 아버지이며, 백성을 위한 정치를 펼쳐 조선 시대 몇 안 되는 성군 중 하나로 평가받는 영조였죠. 혜경궁 홍씨는 시아버지 영조가 남편

영조

사도 세자

혜경궁 홍씨

정조

사도 세자를 죽음으로 몰고 간 것을 지켜봐야 했던 한 많은 여인이었습니다.

남편 사도 세자가 허망하게 세상 뜨는 것을 보면서도 혜경궁 홍씨가 한 많은 삶을 살았던 이유는 딱 하나, 어린 아들 때문이었습니다. 아들이 어서 성장해서 가슴속에 맺힌 한을 풀어 주기를 바랐을 거예요. 하지만 혜경궁 홍씨의 불운은 그것으로 끝나지 않았어요. 아들 정조는 임금이 되자 외가와 거리를 두기 시작했지요. 외할아버지를 관직에서 물러나게 하고, 외할아버지의 동생, 홍인한에게는 사약까지 내립니다. 그때 혜경궁의 마음이 어땠을까요? 기대했던 아들이 자기 집안을 공격했으니 가슴에 얼마나 한이 쌓였을까요?

이런 까닭일까요? 흔히 한중록의 '한'을 '한 한(恨)'으로 생각하는 경우가 많아요. 한 많은 삶을 사람들에게 알리기 위해 《한중록》을 썼다고 말이지요. 실제 이렇게 쓰인 문서도 남아 있어요. 그러나

《한중록》은 한자로 '閑中錄'입니다. '한가로운 가운데에 남긴 기록' 이라는 뜻이지요. 《한중록》을 쓴 까닭이 자신의 한스러운 삶을 나타내기 위한 것만은 아니라는 거예요. 그렇다면 혜경궁 홍씨가 쓴 《한중록》에는 어떤 내용들이 들어 있을까요?

《한중록》은 한 번에 쓰인 기록이 아닙니다. 혜경궁 홍씨가 여러 차례에 걸쳐 쓴 글을 후대에 누군가가 하나로 편집했다고 해요. 따라서 본래 한 권으로 이어진 책이 아니에요.

첫 번째 글은 1795년 혜경궁이 61세 때 쓴 것으로 우리 책 제1편에 해당합니다. 조카 홍수영이 집안에 혜경궁의 글이 남아 있는 게 없으니 후대에 전할 글을 남겨 달라는 부탁을 하여 쓴 글이지요. 이 글은 혜경궁이 자신의 출생부터 어릴 때의 추억, 세자빈으로 간택된 이야기부터 시작해서 사도 세자의 죽음과 아들 정조가 왕이 된 후의 이야기 등 50년 동안의 궁중 생활을 담담히 기록하고 있습니다.

우리 책에는 사도 세자의 죽음까지만 나와 있지만 본래는 뒷부분에 영조의 계비인 정순 왕후와의 갈등도 담겨 있고, 아들 정조가 외가, 곧 혜경궁의 친정과 사이가 멀어지는 일에 대해서도 말하고 있죠. 남편의 죽음을 안타깝게 여긴 것도 있지만 친정 식구들에게 죄를 묻는 아들 정조에게 서운한 감정을 표현하기 위한 의도가 담겨 있습니다.

두 번째 글은 아들 정조가 죽고 난 뒤인 1801년(순조 1년)에, 세 번째 글은 1802년에 쓰여졌습니다. 두 번째, 세 번째 글만 따로 묶어 한문으로 펴낸 책도 있는데, 그때 제목을 '읍혈록(泣血錄)'이라 붙인 것이 전해지고 있습니다. '피눈물로 쓴 기록'이라는 뜻이에요.

이 글은 친정 식구들이 죄가 없다는 것을 밝히기 위해서 썼어요. 글을 쓰던 시기는 영조의 계비인 정순 왕후가 어린 순조를 대신하여 수렴청정*을 했던 때로, 혜경궁 홍씨 집안이 몰락할 위기에 처해 있었지요. 정순 왕후는 정권을 잡자마자 혜경궁 홍씨 집안을 거세게 공격했고, 실제로 혜경궁의 동생 홍낙임은 천주교도로 몰려 죽음을 당했습니다. 혜경궁은 1806년 '병인추록'이라는 글도 남겼는데요. 이 글은 《읍혈록》에서 빠진 내용을 보충한 것으로, 《읍혈록》의 부록이라고 생각하면 됩니다.

네 번째 글은 1802년에 첫 원고를 쓰기 시작해서 1805년에 마무리한 것으로 우리 책에서 제2편에 해당합니다. 정조의 뒤를 이은 순조에게 옛일을 제대로 기억하라는 당부가 담겨 있지요. 혜경궁은 당시 사도 세자의 기록이 남아 있는 게 별로 없어서 사람들이 자기 유리한 대로 진실을 왜곡하고 있다고 보았어요. 이를테면 영조가 죄 없는 사도 세자를 죽였다거나, 사도 세자가 미친 것도 아

* **수렴청정** 임금이 어린 나이로 즉위하였을 때, 왕대비나 대왕대비가 이를 도와 정사를 돌보던 일.

닌데 반역을 저지르려 했다는 것이죠. 혜경궁은 사도 세자의 비극이 정신병 때문이라고 분명히 나타내기 위해 이 글을 쓴 것입니다. 이런 이유로 이 글 속에는 사도 세자의 어린 시절부터 성장 과정, 그리고 정신병에 시달린 사도 세자의 비정상적인 행동들이 자세히 그려져 있습니다.

● 사도 세자를 죽인 것은 정말 아버지 영조일까?

《한중록》을 읽으면서 가장 믿기 어려운 대목은 영조가 아들 사도 세자를 뒤주에 갇혀 죽게 만들었다는 부분입니다. 영조가 누군가요? 조선의 역사상 가장 뛰어난 임금 중 한 사람이 아닌가요? 가난한 백성들을 생각해서 세금을 줄여 주고, 인재를 고루 등용하기 위해 탕평책을 펼쳤으며, 가혹한 형벌을 폐지하는 등 조선 후기를 대표하는 군주라고 할 수 있죠. 그런데 그런 임금이 자신의 아들이자 한 나라의 세자를 죽였다는 게 믿어지나요? 누군가가 역사를 왜곡한 것은 아닐까요?

사도 세자의 죽음에 대해서는 공식적인 기록이 남아 있지 않습니다. 아들인 정조가 왕이 되기 전에 영조에게 부탁하여 아버지에 대한 기록을 없앴기 때문이죠. 따라서 사도 세자의 죽음을 정확히 이해하기란 어렵습니다. 하지만 영조가 아들 사도 세자를 죽인 것

은 분명한 사실로 보여요. 공식적인 기록은 아니지만 《한중록》을 비롯하여 당시의 일을 기록한 책에 따르면, 영조는 사도 세자에게 스스로 목숨을 끊으라고 명령했으나 뜻대로 되지 않자 뒤주를 들여왔다고 해요. 그러고는 직접 못을 박았다고 전해지지요.

덩치가 큰 세자가 여름날 뒤주에 갇혀 있기는 정말 답답했을 거예요. 결국 세자는 뒤주를 박차고 뛰쳐나왔지요. 그러자 영조는 세자를 다시 가두고 나오지 못하게 뒤주 위에 흙과 풀을 덮고 더 튼튼한 동아줄로 묶었다고 해요. 그리고 8일 후 사도 세자는 세상을 뜨고 맙니다.

처음 뒤주에 들어갔을 때, 사도 세자는 부왕이 자기에게 벌을 주려는 것으로 알았을지 모릅니다. 곧바로 죽이지 않았으니까요.

아마 신하들도 비슷한 생각을 하지 않았을까요? 그러나 영조의 노여움은 벌로 그치지 않았어요. 아들을 죽이려는 마음이 더 강했지요. 만약 영조가 아들을 살리려는 마음이 있었더라면 8일이나 뒤주에 가둬 두지는 않았겠지요. 얼마든지 아들을 살릴 수 있었지만 영조는 그렇게 하지 않았어요. 더구나 영조는 일을 마무리하고 돌아갈 때 개선가를 연주하도록 했다고 전해집니다. 역적을 처벌하거나 적국을 물리칠 때와 같은 분위기였다고 하지요. 이렇게 볼 때 사도 세자를 죽음에 이르게 한 것은 영조가 분명합니다. 그렇다면 어째서 영조는 사도 세자를 죽였을까요?

《한중록》에서 혜경궁 홍씨는 사도 세자의 죽음에 대해 두 가지 견해가 있다고 전하고 있습니다. 하나는 영조가 사도 세자를 죽인 것이 하늘 아래 떳떳한 일이며, 영조의 공적으로 여깁니다. 다른 하나는 사도 세자가 병이 없는데 영조가 사도 세자를 모함하는 소리를 듣고는 지나친 일을 벌였다고 합니다.

첫 번째 의견은 사도 세자가 왕을 해치려 했던 사건에 근거를 두고 있습니다. 《한중록》에는 그 내용이 꽤 자세히 서술되어 있어요. 책에 따르면 사도 세자를 처분해야 한다고 가장 먼저 주장한 사람은 다름 아니라 세자의 친어머니였던 영빈 이씨, 곧 선희궁이 었습니다. 선희궁은 자신의 아들이 제정신이 아닌 채로 사람들을 죽였고 마침내는 부왕까지 해치려 한다는 소문을 들었어요. 그래서 아들을 처분하고 조선 왕조를 지키는 것이 도리라고 생각했던 것이지요.

두 번째 의견은 세자가 병이 없는데 영조가 모함하는 소리를 듣고 지나친 일을 벌였다는 내용입니다. 이는 세자가 당쟁*에 의해 희생된 것으로 보는 주장으로, 정조가 임금이 된 뒤부터 나온 의견으로 볼 수 있어요.

정조는 사도 세자의 아들이고, 만약 사도 세자가 역모 죄로 죽었다면 그 아들은 역적의 자식이 됩니다. 따라서 사도 세자가 역모를 일으켜 죽었다고 받아들일 수 없었죠. 실제로 정조는 1789년 아버지의 무덤을 수원으로 옮기면서 사도 세자의 행장*을 직접 썼는데 여기에는 사도 세자가 훌륭한 자질을 지녔고 아무 병도 없었

* **당쟁** 당파를 이루어 서로 싸우던 일.
* **행장** 사람이 죽은 뒤에 그의 행적을 적은 글.

으나 역적과 맞서다가 희생당한 것처럼 쓰여 있어요. 또 어떤 이들은 사도 세자가 노론에 맞서 소론이나 남인 편에 섰다가 노론에 의해 희생당했다고 주장하기도 하죠.

혜경궁은 두 견해가 모두 옳지 않다고 말합니다. 만약 첫째 의견을 받아들이면, 사도 세자는 역적이고 정조는 역적의 자식이 되어 정통성에 문제가 생겨요. 백성들이 왕에게 충성을 다하지 않겠죠. 두 번째 의견을 받아들이면 이는 영조를 욕보이는 것이 됩니다. 영조가 그릇된 판단을 해서 죄 없는 사람을 죽인 것이 되니까요. 또한 이 의견을 받아들이면 사도 세자를 죽음에 이르게 한 것은 노론 세력이 되겠죠. 혜경궁의 가문이 노론에 속해 있었으니, 혜경궁은 두 번째 의견을 더더욱 받아들일 수 없었을 거예요.

혜경궁이 내린 결론은 무엇일까요? 혜경궁은 정신병이 사도 세자를 죽게 만들었다고 했어요. 사랑하는 애첩을 죽이고, 수십 벌 옷을 갈아입어도 만족을 못하고, 우물에 빠져 죽으려고 소동을 벌이는 등 사도 세자의 정신병은 《한중록》에서 가장 많이 언급되는 내용입니다. 혜경궁은 남편 사도 세자를 정신병을 앓는 사람으로 묘사하는 데에 집중하고 있어요. 즉 사도 세자가 역모를 꾸민 것도 아니고 영조가 그릇된 판단을 한 것도 아니며, 자기 집안을 포함해서 노론이 잘못해서 비극이 일어난 게 아니라 어쩔 수 없는 병, 하늘이 내린 병에 책임이 있다는 것이죠. 모든 일을 하늘과 운명의

탓으로 돌리고 영조와 정조를 책임에서 자유롭게 하고, 자기 집안에 쏟아지는 비난을 피하고 싶었던 것입니다.

● 사도 세자는 진짜 미쳤던 것일까?

사도 세자는 혜경궁 홍씨의 기록대로 정말 미쳤던 것일까요? 여기에도 논란이 있습니다. 왜냐하면 정조가 아버지 사도 세자의 삶을 기록한 내용은 혜경궁의 기록과 다르기 때문이에요. 정조가 남긴 글에는 사도 세자가 정신병을 앓았다는 말이 없습니다. 오히려 사도 세자가 훌륭한 자질을 가지고 태어났고 뛰어난 성품을 지녔다고 하지요. 그렇다면 어떤 게 옳은 기록일까요?

우선 두 기록 모두 사실을 있는 그대로 전달하기보다는 자신들에게 유리한 입장으로 썼을 것입니다. 앞에서 살펴보았듯이 혜경궁은 남편이 미쳤다고 말해야만 영조와 정조, 그리고 자기 가족을 지킬 수 있었어요. 반면에 정조는 달랐습니다. 정조는 어머니처럼 지켜야 할 가족이 없는 대신 자신의 정치적인 영향력을 더 키워야만 했지요. 그러기 위해 정조는 자기 아버지인 사도 세자를 뛰어난 자질을 지녔으나 모함을 받아 죽었다고 썼던 거예요. 미치광이 아버지보다 훌륭한 품성을 지닌 아버지가 더 떳떳할 테니까요.

여러 가지를 고려할 때, 정조가 남긴 사도 세자의 기록은 그가 정신병에 걸렸는지를 알아보는 데 별로 도움이 안 됩니다. 쉽게 말하면 불리한 기록은 빼고 유리한 기록만 남겨 놓은 거라고 봐야죠. 게다가 정조는 왕이 되기 전에, 영조에게 상소를 올려서 아버지 사도 세자의 기록을 없앴습니다. 정조 스스로 차마 들을 수 없고 볼 수 없는 말이 많다고 한 것으로 보아, 거기에는 사도 세자가 벌인 온갖 정신병적인 일들이 기록되었을 것으로 추측할 수 있지요.

그렇다면 사도 세자는 정말 미쳤던 것일까요? 현재 남아 있는 기록을 참고할 때, 사도 세자에게는 심한 정신병이 있다고 보는 것이 타당합니다. 일단 공식적인 기록인 《영조실록》에도 세자가 대리청정을 한 다음부터 병이 생겼고, 심할 때는 궁녀와 내관을 죽였다고 기록되어 있어요. 정조가 대신들과 나눴던 대화에도 아버지의 병에 대한 언급이 나타나 있죠.* 또한 《승정원일기》에도 사도

세자가 아홉 살 때 이미 어지럼증을 겪었다고 기록하고 있어요. 무엇보다 《한중록》에는 사도 세자의 비정상적인 행동들이 아주 자세히 그려져 있지요.

《한중록》에는 사도 세자의 병증이 결혼한 이듬해인 1745년부터 나타나 있습니다. "노시는 모습이 어찌나 야단스러운지 예사롭지 않았다. 마치 몹쓸 병환이 든 것만 같았다."라고 기록하고 있지요. 사도 세자의 나이 열한 살이었으니 주의력이 없는 어린아이를 떠올리면 될 것입니다. 이후 한동안 세자의 병증에 대한 기록이 없다가 열다섯 살 대리청정을 맡은 뒤부터 병환이 더 크게 자라난 것으로 나와 있어요. 1752년에는 귀신이 보인다며 공포증을 호소하기 시작했고, 1757년에는 이른바 의대증이 나타나기 시작합니다. 옷 한 벌 입기 위해서 수십 벌을 갈아입어야만 하는 일종의 강박증이 생겨난 것이죠. 더불어 자신의 충동을 조절하지 못하고 사람을 때리거나 죽이는 증상도 나타났어요.

병증은 갈수록 더 심해졌고 동생인 화완 옹주에게 칼을 들이대며 협박하고, 마침내 아버지이자 한 나라의 군왕인 영조를 죽이려는 시도까지 하기에 이르죠.

---

* 정조가 순조의 장인인 김조순과 나누던 말을 김조순이 훗날 기록하여 책을 펴냈는데, 그 안에 정조가 "아버지의 병을 누가 모르리오. 그런데도 끝내 할아버지께서 아버지의 죄를 없애 주시지 않으니 지극히 애통하오."라고 말했다고 전해진다.

세자가 늘 정신을 잃은 것은 아닙니다. 인원 왕후와 정성 왕후가 돌아가셨을 때는 지극한 효심을 보이며 상례를 치렀고 온양으로 온천을 다녀올 때는 백성들이 칭송할 만큼 행동이 훌륭했습니다. 또한 잘못을 저지르고 나면 후회를 거듭했다는 것으로 보아 손쓸 수 없을 만큼 미친 것은 아니었다는 뜻이죠. 만약 병증이 시작될 무렵에 곧바로 적절한 처치와 따뜻한 배려를 받았더라면 어땠을까요? 강박과 불안에서 벗어나 세자로서 위엄을 되찾지 않았을까요?

● 무엇이 사도 세자를 미치게 했을까?

그렇다면 사도 세자는 어째서 미친 것일까요? 어릴 때는 총명하기 이를 데 없어 부왕과 신하들을 놀라게 했던 세자가 무슨 까닭으로 병을 얻게 되었을까요? 이것을 정확히 알아내는 것은 불가능합니다. 선천적인 문제일 수도 있고, 성장 과정에서 증세가 생겼을 수도 있기 때문이죠. 다만 세자를 심리적으로 괴롭힌 일이 무엇인지는 추측할 수 있어요.

세자가 가장 괴로웠던 일은 무엇이었을까요? 그것은 아버지로부터 사랑과 인정을 받지 못한다는 것이었습니다. 그렇다면 어째서 영조는 하나밖에 없는 아들에게 사랑을 베풀지 않았을까요?

아버지 영조는 완벽주의자였고 엄격한 사람이었습니다. 대체로 완벽주의자들은 지나치게 높은 목표를 잡고 그 일을 해내기 위해 남다른 노력과 정성을 기울여요. 그래야만 엄청난 보상을 받을 수 있다고 생각하기 때문이죠. 영조는 조선의 왕으로서 온 나라의 백성들이 편안한 삶을 살아가는 것을 목표로 삼았을 거예요.

영조가 좋은 정치를 펼쳤던 것은 왕권이 안정되어 있어서 가능했습니다. 그리고 자기 이후로도 왕권이 안정되기를 바랐을 거예요. 왕권을 위협하는 세력들이 발붙이지 못하도록 하고, 자신의 뒤를 이어 왕위에 오를 세자가 올바르게 성장하기를 원했겠지요.

사실 영조는 왕위에 오르기 전에 여러 가지 어려움을 겪었습니다. 무엇보다도 영조의 어머니 숙빈 최씨의 출신이 문제가 되었죠. 숙빈 최씨는 숙종의 후궁이었지만 실상은 궁중의 하녀로 신분이 낮았어요. 그런 까닭에 영조는 미천한 여자의 아들이라는 콤플렉스를 지니고 있었지요. 왕자의 신분이었지만 목숨마저 위태로웠던 위기를 여러 차례 겪어야 했어요. 선왕이자 이복형인 경종이 아들 없이 세상을 떠나 영조는 가까스로 왕위에 올랐지만 그 과정이 순탄하지는 않았습니다. 경종을 영조가 독살했다는 소문이 돌기도

했고, 영조의 왕위 계승을 문제 삼아 난이 일어나기도 했죠. 이인
좌의 난이 그 예입니다.

　자연스럽게 영조는 의심이 많아졌고, 불길하다고 생각하는 것
에 대한 경계심이 강해졌을 것입니다. 모든 일에 엄격해지고 결벽
증에 가까울 만큼 좋아하는 것과 싫어하는 것이 분명했죠. 그리고
자신이 겪었던 어려움을 아들이 겪지 않기를 바랐을 거예요. 아들
을 하루빨리 위엄을 갖춘 왕으로 만들고 싶었겠지요.

　실제로 영조는 이제 막 첫돌이 지난 어린 아들을 세자로 책봉
했습니다. 그 뒤에 세자 교육을 위한 시강원을 꾸리고 두 돌이 지
나자 《효경》과 《소학》을 읽게 했죠. 영조 스스로 세자가 읽을 책
을 밤새 옮겨 적었다는 이야기도 전해지고 있습니다. 또한 백일도
채 안 된 어린 아들을 홀로 떨어져 지내도록 하고 궁녀들에게 시
중을 들도록 했죠. 장차 궁궐의 주인이
될 세자에게 어릴 때부터 권위를 갖게
해 주려는 영조의 의도였을 거예요. 앞
에서 말했듯이 영조는 완벽주의자였고,
세자 교육에도 지나칠 만
큼 높은 목표를 추구
했던 것이죠.

　그런데 문제가

생겼습니다. 우선 백일도 안 된 아이를 부모에게서 떼어 놓고 키웠으니 사도 세자는 처음부터 애정 결핍을 느끼며 자랐을 것입니다. 또한 궁녀들의 손에 의해 성장하다 보니 스스로 하는 일이 드물어서 옷을 입는 것, 대님을 매는 것처럼 단순한 일도 혼자서는 할 수 없게 되었어요. 게다가 궁녀들은 어린 세자를 제대로 이끌기보다 병정놀이를 하며 공부에 소홀해지도록 했지요. 세자는 유교 경전을 읽기보다 소설책을 즐겨 읽었고, 책 읽기보다는 그림 그리기나 무예를 즐겼어요. 현재의 관점에서 보면 아이가 즐겁게 노는 것이 당연한 일이지만 백성과 신하들 앞에서 세자가 굳건히 서기를 바라는 영조의 마음은 결코 편치 않았지요.

대체로 완벽주의는 일이 성공했을 때는 자존감을 높여 주지만 성공하지 못했을 때는 불안과 초조, 위기의식 및 좌절감 등이 생기지요. 영조는 자신이 생각한 것들이 하나둘 실현될 때는 자존감이 높았겠지만 세자 교육에 허점이 드러나자 불안과 초조, 위기의식을 드러내기 시작합니다. 무엇보다 좌절감을 맛보았죠. 모든 일이 자기 뜻대로 될 줄 알았는데 믿었던 세자가 자기 기대를 무너뜨렸다고 생각하자 영조는 여유를 잃어버렸어요. 영조는 공부에 큰 흥미를 느끼지 못하는 세자를 인정할 수 없었을 거예요.

《한중록》에 따르면 세자가 차츰 커 갈수록 영조의 칭찬보다 꾸중과 지적이 늘어났어요. 영조는 세자가 가지고 노는 물건들을 지적하고, 신하들이 보는 데에서 세자의 공부를 나무랐어요. 수시로 시험을 치르게 해서 세자가 잘못 대답하면 세자의 스승들에게 벌을 내리기까지 했죠. 영조의 꾸지람은 세자가 열다섯이 되어 대리청정을 맡게 된 뒤로 더 심해졌습니다. 정책을 제대로 펼치지 못한다며 질책을 하고, 느닷없이 왕위를 물려주겠다는 소동을 벌여 세자를 곤란하게 만들었죠. 죄인을 심문하는 불길한 일에는 세자를 부르고 경사스런 날에는 부르지 않았으며, 백성들이 굶어 죽거나 얼어 죽으면 그 모든 일이 세자가 덕이 없어서 그렇다는 말까지 서슴지 않았습니다. 능행길에 비가 오는 것조차 세자 때문이라며 다시 돌아가라고 명하기도 했죠. 이 밖에도 영조가 세자를 무시한 일은 《한중록》에서 어렵지 않게 찾을 수 있습니다. 영조는 사도 세자에게 따뜻한 아버지가 아니었지요.

《영조실록》에는 사도 세자의 병환이 대리청정 때부터라고 기록되어 있습니다. 당시 세자의 나이는 열다섯. 지금으로 치면 중학교 2학년으로 신체적인 변화가 일어나고 정체성에 큰 혼란이 오는 시기이죠. 물론 조선 시대에는 지금보다 정체성 혼란이 덜할 수도 있겠죠. 그러나 인간의 의식을 결정하는 뇌의 발달은 지금이나 그 당시나 크게 다르지 않을 거예요.

열다섯 청소년의 뇌는 어떨까요? 우리 주변의 중학교 2학년을 살펴보면 잘 알 수 있어요. 이성적이기보다 감정적이고, 때로는 충동적이어서 걷잡을 수 없는 행동을 할 때이지요. 그때는 계획과 판단을 수행하는 부분의 뇌가 아직 발달하지 않은 대신, 감정이나 공격성, 성 충동을 조절하는 부분의 뇌가 발달하기 때문이에요. 열다섯 사도 세자의 뇌도 감정이나 공격성, 성 충동은 발달한 반면에 이성적 판단 능력과 계획을 세우는 능력은 아직 발달하지 못했을 거예요.

그런데 그런 상황에서 영조가 계속해서 공격적인 말을 하거나 무시를 하면 어떻게 될까요? 아마도 자기방어를 위해 공격성을 드러내겠지요. 이런 일이 반복된다면 뇌는 어떻게 될까요? 언제 공격받을지 모르니 늘 방어 태세를 갖춰야 해요. 공격성과 성 충동이 극대화되는 것이지요. 사랑받지 못한 뇌, 그것이 곧 세자를 미치게 만들었을지도 모릅니다.

고전으로 토론하기

생각 주제 열기

《한중록》에서 영조와 사도 세자의 이야기가 너무나 안타깝게 느껴집니다. 영조는 아들 사도 세자를 더 잘 키울 수는 없었을까요? 아마도 나라를 책임져야 한다는 의무와 책임이 지나쳐서 생긴 일일 텐데, 권력을 왕에게 집중시키는 게 정말 불가피했던 일일까요?

● 영조는 왜 세자 교육에 성공하지 못했을까?

선생님 《한중록》을 읽어 보니 어땠나요? 아버지와 자식 간에 이런 일이 있었다는 게 정말 비극적이죠? 각자 자신의 생각을 한번 말해 보세요.

민정 저는 아버지가 아들을 죽였다는 게 아직도 믿기지 않아요.

또 세자가 정신병을 앓은 것도 안타까웠어요. 어린 시절 사랑을 많이 받았더라면 그런 일을 겪지 않았을 텐데요.

성 진 맞아요. 어린 세자를 친어머니한테 떼어 놓으니 참 안됐다는 생각이 들었어요.

민 정 그리고 아버지 영조가 너무 지나친 욕심을 부렸다고 생각했어요. 아무리 세자가 똑똑하다고 해도 두 살 때부터 책을 읽히고, 어른들의 예절을 가르친 것은 지나쳤지요.

성 진 저도 그건 동의해요. 하지만 그보다 어릴 때 부모님의 사랑을 받지 못하고 큰 것이 더 문제였다고 봐요. 사람은 충분히 사랑을 받을 때, 자기를 존중하는 마음이 생긴다고 하잖아요.

민 정 그 말도 일리는 있어요. 하지만 영조나 선희궁이 아들을 사랑하는 마음이 없었겠어요? 하나밖에 없는 아들이니 더 귀하게 키우려는 마음이 컸을 거예요. 게다가 영조 나이 마흔둘에 얻은 귀한 아들이잖아요.

성 진 마음만 있으면 뭐해요? 실제로 아들이 부모님의 사랑을 느끼는 경험을 해야지요. 《한중록》에서 혜경궁 홍씨도 영조와 선희궁께서 자주 찾아와서 살폈다면 세자와 사이가 나빠지지 않았을 거라고 했잖아요. 사람은 누구나 사랑받는다고 느낄 때, 자기가 소중하다고 느끼는 거죠.

민 정 글쎄요. 세자가 자신이 소중한 것을 몰랐을까요? 두 돌이 지나자마자 왕위를 이을 세자가 되어, 주위의 궁녀들이 자신을 보살

피고 지위가 높은 대신들마저 자기를 존중하는데 말이지요.

성진 그건 세자라는 지위 때문이지, 세자를 사랑하기 때문은 아니
잖아요. 진심으로 자기를 아껴 주는 사람이 곁에 없을 때 얼마나
쓸쓸하겠어요. 재워 주고 안아 주고 놀아 주고 같이 기뻐하는 사람
이 없다는 게 아이를 외롭게 만들지요.

민정 저는 세자가 겪었던 어려움은 교육 때문이라고 생각해요.
두 돌도 안 된 아이한테 책을 읽혔다는 게 말이 되나요? 조기 교육
에 선행 학습 시키는 요즘 부모들하고 다를 게 없지요. 어린아이한
테 하루 종일 책만 읽히는 건 정서적으로 학대하는 거나 마찬가지
예요.

성진 그건 좀 지나친 말이 아닐까
요? 기록을 보면 세자가 본래 영특
했다고 나오잖아요. 영특했으니 다
른 이들보다 이른 시기에 교육을 했
다고 보는 게 옳지요.

민정 그렇지 않아요. 두 살 때 세자
로 책봉한 것 자체가 아이한테 지나
친 부담을 지운 거예요. 그 뒤로도
왕 앞에서 시험을 보게 하고 사람들
앞에서 혼내고 열다섯 살밖에 안 된
청소년한테 나랏일을 배우라고 대

리청정을 맡겼던 것도 모두 조기 교육이라고 할 수 있지요. 초등학교 1학년한테 미적분을 가르치는 일이라니까요.

선생님 민정이 말에도 일리가 있어요. 사람은 누구나 발달 단계를 거쳐요. 두세 살 때까지는 손이나 입으로 느끼는 감각이 주로 발달하고, 일곱 살 때부터는 주로 언어가 발달하죠. 그리고 열한 살 이후부터 추상적인 사고가 발달하기 시작해요. 그런데 세자는 이런 발달 단계를 벗어난 교육을 받았어요. 당연히 흥미도 잃고 마음도 지쳤겠죠. 또한 적절한 시기에 익혀야 할 감정이나 사회성도 배우기 어려웠을 거예요. 친구도 딱히 없었으니까요.

성진 그럼 부모의 사랑은 충분했다는 말씀이세요?

선생님 아니에요. 사랑도 충분하지 못했죠. 성진이 말대로 마음만으로 아이가 사랑을 느끼는 것은 아니에요. 영조와 선희궁은 자식을 사랑하는 마음은 있었지만, 그걸 제대로 나타내지 못했어요. 영조는 세자가 어서 빨리 왕으로 성장하기를 바라며 오히려 부담만 주었으니까요. 아이에게 세상은 이것저것 경험해야 할 것들로 가득 차 있죠. 모든 게 모험이에요. 그럴 때 '자신이 안전하다, 보호받는다, 지지를 받는다'고 느끼는 것은 아주 중요한 일이에요. 그리고 그게 바로 부모의 사랑이지요.

민정 저는 어릴 때 할머니가 키워 주셨지만 크게 어려움을 느끼지 못하는걸요?

선생님 꼭 부모만이 아니에요. 진심으로 자기를 위해 주는 이가 있어야죠. 세자에게 궁녀와 내관들이 있었지만 그들은 어디까지나 직업으로 떠맡은 것뿐이에요. 사랑으로 했던 일이 아니었죠. 반면에 민정이 할머니는 민정이를 지극히 사랑하는 분이셨을 거고요.

● 권력을 왕에게 집중시키는 게 옳은 일일까?

민 정 《한중록》을 읽으면서 든 생각인데, 권력은 정말 비정한 것 같아요.

성 진 맞아요. 영조는 아들을 죽였고, 나중에 정조는 외가 식구들을 공격해서 작은 외할아버지에게 사약을 내렸어요. 조선 초기에도 태종 이방원이 형제들을 죽였고, 세조는 조카 단종을 죽였지요.

선 생 님 여러분 말대로 권력은 정말 두려운 것이에요. 그런데 무엇이 그토록 권력을 무섭게 만들었을까요?

민 정 저는 권력을 나눠 갖지 않은 게 가장 큰 문제라고 생각해요. 모든 권력이 왕과 왕을 따르는 이들에게 집중되어 있으니까 문제가 일어나는 거죠.

성 진 그럼 권력을 나눠 가질 수도 있다는 말인가요? 지금처럼 민주주의 국가라면 몰라도 조선은 왕조 국가였잖아요?

민 정 왕조 국가라고 해도 왕이 권력을 모두 갖는 것은 아니라고 생각해요. 왕이 권력을 독점하니까 신하들이 왕의 마음에만 들기 위해 노력하잖아요. 그러다 보니 신하들끼리 서로 다툼이 일어나서 모함하고, 심지어 역모도 일어나지요.

성진 그건 왕의 문제가 아니라 신하들의 문제가 아닌가요? 신하들이 서로 경쟁하다가 문제가 생긴 거죠. 세종 임금 때도 왕이 권력을 대부분 갖고 있었지만 별문제가 없었잖아요.

민정 세종 임금도 강력한 권력을 가졌지만 당시에는 의정부*도 나름대로 역할을 맡고 있었어요. 다른 왕들에 비해 권력이 나뉘져 있었다고

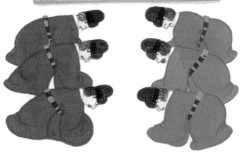

할 수 있지요. 훌륭한 왕은 신하들이 눈치 보지 않고 자신의 능력을 발휘할 수 있도록 권한을 주는 것이라고 생각해요. 그래서 세종 임금이 좋은 정치를 펼칠 수 있었던 거고요.

---

* **의정부** 조선 시대에 둔, 행정부의 최고 기관. 영의정·좌의정·우의정이 있어 이들의 합의에 따라 국가 정책을 결정하였다.

성 진 그럼 영조와 정조는 좋은 정치를 펼치지 않았다는 건가요? 비록 가족 문제가 있기는 했지만 영조와 정조는 백성을 사랑하고 훌륭한 업적을 많이 남긴 왕이잖아요. 설마 그것을 부정하는 것은 아니지요?

민 정 두 사람의 업적은 알아요. 영조는 세금을 깎아 주고, 가혹한 형벌도 없앴어요. 정조는 신분에 상관없이 인재를 뽑아 썼지요. 그런데 두 사람은 모두 왕권을 강화하려고 했어요. 그래서 영조가 사도 세자를 모질게 교육했고, 정조는 외가 식구들을 멀리했지요.

선 생 님 민정이의 역사 지식이 남다르네요. 맞아요. 두 임금은 모두 왕권을 강화하기 위해 노력했어요. 특히 정조는 수원 화성을 만들고 왕의 친위 부대인 장용영을 만드는 등 왕권 강화에 많은 힘을 기울였죠.

성 진 왕권을 강화하는 게 문제가 되나요? 왕권을 강화하면 정치가 안정될 수 있잖아요.

민 정 하지만 왕권을 강화하려다 보니 신하들의 다양한 의견을 듣지 않았고, 신하들도 왕의 눈치를 봤을 거예요. 어딘가에서 봤는데 정조는 과거 시험도 직접 출제하고 답안지도 다 살펴봤다던데요.

선 생 님 네 맞아요. 정조는 문체반정*이라는 사건을 일으켜서 자신

---

* **문체반정** 정조가 당시 유행하던 박지원풍의 한문 문체를 비판하면서 순수한 옛 문체로 돌아갈 걸 지시한 사건.

의 뜻과 맞지 않는 이들을 귀양 보내기도 했어요.

민 정 저는 아무리 왕조 국가라고 해도 왕이 모든 권력을 독점하면 안 된다고 생각해요. 훌륭한 왕이라도 언제나 합리적인 결정을 하는 것은 아니니까요. 또 신하들은 그저 시키는 일밖에 할 수 없잖아요. 제 생각에 정조가 죽고 난 뒤에 조선이 어려워졌던 것도 이런 이유 때문일 것 같아요.

성 진 맞아요. 정조 이후에 조선은 세도 정치* 때문에 힘들었으니까요.

선 생 님 두 사람 모두 역사에 대한 상식이 풍부하네요. 정조는 개인의 절대적인 권위로 정치를 했지만 시스템을 잘 갖추지는 않았던 것 같아요. 그가 죽은 뒤로 조선은 기울기 시작했으니까요. 그런데 그때 일을 단지 과거의 사실로만 받아들여서는 안 돼요. 현재 우리나라도 대통령에게 권한이 너무 많이 집중되어 있어요. 그래서 서로 권력을 잡으려고 안간힘을 쓰고, 권력을 잡은 뒤에는 부작용이 크죠. 왕에게 권력이 집중되었던 시절에 겪었던 문제가 모양만 바꾼 채 반복되고 있어요. 이제 우리나라도 권력을 어떻게 나눌 수 있을지 진지하게 고민해야 할 때라고 봐요. 오늘 토론은 아주 유익했어요. 두 사람의 역사 실력도 놀라웠고요.

---

* **세도 정치** 왕실의 외가 친척들에 의해 권력이 독점되는 정치.

고전과 함께 읽기

여기서는 《한중록》과 관련해 함께 보면 좋은 영화와 책을 소개합니다. 다양한 작품을 통해 이해의 폭을 넓히고 재미를 느껴 보길 바랍니다.

영화 〈사도〉 따뜻한 눈길, 다정한 말 한마디

영조와 사도 세자의 이야기는 워낙에 드라마틱해서 그동안 연극이나 드라마, 영화 등으로 자주 만들어졌습니다. 그중에서 2015년에 이준익 감독이 만든 영화 〈사도〉를 살펴볼까 해요. 영화의 내용은 《한중록》을 비롯해서 사도 세자에 관한 역사적 기록들을 활용해서 만들어졌지요. 그런 까닭에 현대적으로 흥미롭게 각색된 영화가 아니에요.

▲ 〈사도〉 포스터

영화는 사도 세자가 뒤주에 갇히게 되는 시점부터 시작해서 죽는 날까지 순차적으로 전개되고, 뒷부분에는 사도 세자의 아들 정조가 아버지의 명예를 회복시켜 주는 내용으로 되어 있어요. 그리고 중간에 사도 세자의 어린 시절부터 성장과정이 회고 형식으로 담겨 있죠. 사도 세자가 어릴 때 영특했으나 차츰 자라면서 공부보다는 그림이나 무예에 관심을 보였던 내용이 그려지고, 무당, 승려, 기생들과 어울리는 장면도 나옵니다. 영화의 내용은 우리가 앞에서 살펴본 《한중록》과 크게 다르지 않아요.

〈사도〉에서 가장 주목할 만한 장면은 사도 세자가 죽기 직전에 아버지 영조와 말을 주고받는 대목이라고 할 수 있어요. 이 내용은 역사적인 기록으로 남아 있는 게 없으니 작가의 상상력에 의해 재구성된 것이죠. 죽음 직전에 영조와 사도 세자가 만났을 가능성은 없으니까요. 작가가 어떻게 그 장면을 그리고 있는지 살펴볼까요?

영조 내 나이 마흔이 넘어 네가 태어났을 때, 얼마나 기뻤으면 핏덩이 너를 세자로 책봉하고 두 살 때부터 제왕의 교육을 시켰겠느냐. …… 네가 칼 장난하고 개 그림이나 그리며 공부를 게을리할 때, 나는 하늘이 무너지는 줄 알았다.

세 자 그래서 신하들 앞에 허수아비처럼 앉혀 놓고 병신 만들었소?

영 조 너 제대로 된 임금 만들려고 그런 것 아니더냐. …… 너는 왕이 되지 못한 왕자의 운명을 모르느냐. 신하들의 도움이 없어서 왕이 되지 못했다면 나는 죽었다.

세 자 그것을 알기에 아버지를 이해하려고 무던히 노력했소. 하지만 당신이 강요한 방식은 숨이 막혀서 도저히 견딜 수가 없었소. 공부가 그리 중한 것이오. 옷차림이 그리 중한 것이오.

영 조 임금이 공부 모자라고 대님 하나만 삐딱해도 멸시하는 것이 신하다. 이 나라는 공부가 국시*고, 예법이 국시야.

세 자 사람이 있고 공부와 예법이 있는 것이지, 어떻게 공부와 예법이 사람을 옥죄는 국시가 될 수 있단 말입니까. 나는 임금도 싫고, 권력도 싫소. 내가 바란 것은 아버지의 따뜻한 눈길 한 번, 다정한 말 한마디였소.

죽기 직전 영조가 사도 세자를 찾아가 나눈 상상 속의 대화인데요. 참으로 안타까운 마음이 드네요. 죽을 때가 되어서야 서로의 차이를 알게 되다니. 좀 더 일찍 서로를 알았더라면 비극을 피할 수 있었을 텐데요.

대사를 보면 알겠지만 영조가 중요하게 여겼던 가치는 국시, 곧

* **국시** 국가 이념이나 국가 정책의 기본 방침.

국가를 지키는 일이었습니다. 왕으로서 법과 질서를 지키는 일이 무엇보다도 중요했으니까요. 그래서 아들에게도 두 살 때부터 세자 교육을 시켰던 것이죠. 그러나 세자가 중요하게 여겼던 것은 사람이었습니다. '아버지의 따뜻한 눈길 한 번, 다정한 말 한마디'였지요.

사람은 누구나 성장하면서 일정한 발달 단계를 거칩니다. 처음에는 주로 어머니의 품 안에서 생활하다가 차츰 움직임이 많아지고 언어도 배우기 시작해요. 그런데 이때 단순히 언어만 배우는 것은 아닙니다. 해야 할 것과 하지 말아야 할 것, 이를테면 규칙과 금기, 예절 등을 같이 배우죠. 성인이 되기 전까지 사람은 자신이 속한 공동체의 법과 도덕을 꾸준히 학습해 나가요. 그리고 그것을 가르치는 사람은 주로 부모이죠. 이때 아이는 자기가 사랑하는 부모의 모습을 닮는 과정에서 도덕과 윤리를 몸으로 익혀 갑니다. 애착과 신뢰가 형성된 상태에서 아이가 부모를 보고 사회의 일원으로 성장해 나가는 것이죠.

그런데 사도 세자의 경우는 달랐습니다. 사도 세자는 태어나자마자 친어머니인 선희궁과 떨어져 지냈어요. 이후에도 친부모를 볼 기회가 별로 없었죠. 사도 세자의 주변에는 언제나 신분이 낮은 이들만 맴돌 뿐, 애착과 신뢰를 쌓을 대상이 존재하지 않았어요. 영화를 주의 깊게 보면 사도 세자가 애착을 형성한 것은 부모가 아니라 오히려 할머니인 인원 왕후였습니다. 그런 까닭에 가짜 무덤에도 인원 왕후의 그림이 놓여 있었던 거지요. 아버지 영조는 애착과 신뢰를 형성하기에 너무나 엄격했고, 세자에게 지식만 가르치려 들었죠. 애착이 형성되지 않은 상태에서 아버지의 세계는 어린 세자에게 그저 두려움과 공포의 대상일 뿐이었죠. 세자는 선물받은 개에게 애착을 느끼고 그것을 그렸고, 칼 장난으로 억눌린 욕망을 풀었어요. 부모에 대한 애정 결핍이 개에 대한 애착과 칼 장난으로 나타난 것이죠. 영조는 하루빨리 세자가 제왕의 길을 걷기를 바랐지만 그 길로 이끄는 것이 자신의 애정이라는 것을 깨닫지는 못했습니다. 공부와 예법을 사람보다 우선시하는 오류를 범했던 것이죠.

만약 세자의 말처럼 '따뜻한 눈길 한 번, 다정한 말 한마디'를 영조가 했더라면 어땠을까요? 세자는 마음 깊이 아버지에게 애착을 느끼고 아버지를 배우기 위해 끊임없이 노력했을 거예요.

〈사도〉는 과거의 역사를 다룬 사극이지만 현대의 부모 자식 간의 관계에 대해서도 많은 것을 생각하게 하는 영화입니다. 특히 부모가 자식을 어떻게 대할지를 고민하고 생각하게 만드는 영화이

죠. 또 세대와 세대 간의 갈
등이 어떻게 형성되는지를
보여 주는 작품이기도 합니
다. 부모님과 함께 영화를
감상하면서 부모와 자식의
관계가 어떠해야 하는지 이

야기를 나눠 보는 시간을 갖는다면 더없이 좋겠지요.

📖 희곡 《햄릿》 사느냐, 죽느냐 그것이 문제로다

영화 〈사도〉에서 영조가 죽어 가는 사도 세자에게 마지막으로
이런 말을 합니다.

"내가 임금이 아니고 네가 임금의 아들이 아니라면 어찌 이런
일이 있겠느냐. 이것이 우리의 운명이다."

영조의 말대로 만약 두 사람이 왕족이 아니었다면 서로를 증오
하고 죽이는 일은 없었겠죠. 권력자가 아니라면 아무리 자식이 미
쳤다 해도 죽이기까지는 않았을 테니 말입니다.

권력을 두고 혈육마저 죽이는 일은 과거 역사에서 어렵지 않게
찾을 수 있습니다. 당나라의 이세민은 형제들을 죽이고 황제가 되
었고, 조선에서도 이방원이 형제들을 죽였죠. 그리스 로마 신화에

▲ 연극 〈햄릿〉 포스터

도 자식을 잡아먹는 신(크로노스)이 나옵니다. 셰익스피어의 《햄릿》도 그런 비극을 담고 있어요.

덴마크의 왕자 햄릿은 선왕인 아버지가 갑자기 돌아가신 후 우울증에 시달리고 있었어요. 아버지가 돌아가신 지 두 달도 못 되어 작은아버지가 왕위에 올라 어머니와 재혼했기 때문이었죠. 햄릿은 남편을 여읜 지 얼마 안 되어 시동생과 혼인한 어머니의 행동을 "약한 자여 그대 이름은 여자니라."라며 원망했습니다. 동시에 작은아버지가 아버지를 살해한 것은 아닌지 의심을 품고 있었죠.

그즈음 햄릿은 밤이면 해안가에서 유령이 나타난다는 소식을 듣습니다. 그리고 그곳에서 돌아가신 아버지를 마주하게 되죠. 아버지는 자신이 작은아버지한테 독살당했으니 꼭 원수를 갚아 달라고 햄릿에게 부탁해요. 복수를 결심한 햄릿은 남을 속이기 위해 미친 체하지요.

어느 날 왕궁에 극단이 찾아옵니다. 햄릿은 작은아버지와 어머니 앞에서 왕이 살해되는 연극을 해 달라고 요청했고, 왕은 그 연극을 보다가 자신이 했던 일에 죄책감을 느껴 퇴장해요. 햄릿은 곧장 어머니에게 다가가 진실을 말하라고 따지지요. 그때 누군가 엿

듣는 인기척을 느낀 햄릿은 그를 왕이라 여기고 칼로 찔러요. 하지만 그 사람은 햄릿의 연인 오필리아의 아버지 폴로니어스였죠.

▲ 아버지의 유령을 보게 된 햄릿

왕은 그 사건을 핑계로 햄릿을 잉글랜드로 보내어 죽이려 했지만 실패합니다. 왕은 다시 햄릿을 죽이기 위해 음모를 꾸며요. 돌아온 햄릿에게 폴로니어스의 아들 레어티스와 펜싱 시합을 하라고 명하지요. 레어티스의 칼에 몰래 독을 묻혀 놓은 채 말입니다. 하지만 시합 도중 칼은 뒤바뀌고 둘 다 독 묻은 칼에 상처를 입고 죽어 갑니다. 햄릿은 최후의 순간에 독이 묻은 칼로 왕을 죽였고, 왕비도 왕이 햄릿을 독살하려고 준비한 독주를 마시고 숨을 거둡니다. 모두가 죽음을 맞이하는 비극이죠.

그런데 작품을 보면 이해가 안 되는 장면들이 있습니다. 햄릿이 복수를 할 절호의 기회를 여러 차례 날려 버리거든요. 그는 유령으로 나타난 아버지를 통해 진실을 알게 되었을 때에도 "아, 저주스런 운명이여. 내가 그것을 바로잡아야 하는 운명으로 태어나다니." 라고 말하며, 분노하기보다 자신의 운명을 안타깝게 여겨요. 자신이 복수를 실행할 적임자가 아니라는 생각마저 하죠. 햄릿의 대사에도 그의 우유부단한 태도가 그대로 나타납니다. "사느냐, 죽느냐 그것이 문제로다. 이 가혹한 운명의 돌팔매와 화살을 견뎌 내는 것이 고상한 일인가? 아니면 이 거대한 고통의 바다에 대항하여 무기를 집어 들어 그것을 없애는 것이 더 고상한 일인가?"

어째서 햄릿은 복수를 미룰까요? 여기에는 여러 가지 설이 있습니다. 아버지의 유령이 진짜가 아니라 악마일 수 있다는 주장과 햄릿이 우울증에 빠져 실천을 하지 못했다는 주장이 있어요. 그리고 복수를 명예로 여기는 전통과 인간의 생명을 중시하는 이성 사이에서 햄릿이 내적 갈등에 빠졌다는 주장이 있지요.

그런데 이런 주장도 있어요. 햄릿이 오이디푸스 콤플렉스에서 벗어나지 못했기 때문에 복수를 주저했다는 것이죠. 오이디푸스 콤플렉스는 아들이 동성인 아버지를 적으로 여기고 이성인 어머니에게 무의식적으로 애착을 가지는 상태를 가리켜요. 오스트리아의 심리학자 프로이트가 만들어 낸 개념이죠. 오이디푸스는 그리스 신화에 나오는 테베의 왕으로, 아버지를 죽이고 어머니를 왕비로 맞이하는 비극적 운명을 겪은 인물이에요.

프로이트는 이 비극을 통해서 아들이 어머니를 자기의 연인으로 생각하고 아버지를 경쟁 상대로 여길 수 있다고 보았죠. 물론 이런 경향이 지속되는 것은 아니에요. 아이는 자기보다 월등한 아버지의 존재를 받아들인 다음, 아버지를 모델로 삼아 성장하지요.

▲ 오이디푸스

그런데 만약 그 단계를 극복하지 못하면 성인이 되어서도 어머니에게서 벗어나지 못해요. 어머니가 지나치게 자식에게 집착하거나 아버지가 자식에게 지나치게 무관심할 때 이런 일은 일어날 수 있습니다.

다시 《햄릿》으로 되돌아가 프로이트의 이론을 적용해 보면, 햄릿이 복수를 미루는 것은 무의식중에 자신도 작은아버지처럼 아버지를 죽이고 싶은 욕망을 가졌기 때문이라고 할 수 있죠. 작은아버지와 일종의 공범일 수도 있다는 생각이 복수를 미룬다는 것입니다. 그렇다면 햄릿은 오이디푸스 콤플렉스에 여전히 갇혀 있는 인물이라고 할 수 있어요. 아버지를 받아들이지 못한 채 어머니에게 매여 있는 존재인 것이죠.

이렇게 보면 햄릿과 사도 세자는 비슷해 보이지 않나요? 사도 세자가 아버지를 받아들이지 못한 것처럼 햄릿도 아버지를 받아들이지 못했으니 말이에요. 결국 햄릿이나 사도 세자는 아버지를 제대로 받아들일 수 없었고 그 까닭에 제대로 성장할 수 없어서 비극을 경험한 이들이라고 할 수 있답니다.

물음표로 따라가는 인문고전 15

한중록 누가 사도 세자를 죽였는가?

ⓒ 강영준 신경란, 2019

1판 1쇄 발행일 2019년 5월 15일 | **1판 2쇄 발행일** 2021년 12월 15일

글 강영준 | **그림** 신경란
펴낸이 권준구 | **펴낸곳** (주)지학사
본부장 황홍규 | **편집장** 윤소현 | **팀장** 문지연 김지영 | **편집** 양선화 박보영 이인선
디자인 디자인앨리스 | **제작** 김현정 이진형 강석준 방연주 | **마케팅** 송성만 손정빈 윤술옥 이혜인
등록 2010년 1월 29일(제313–2010–24호) | **주소** 서울시 마포구 신촌로6길 5
전화 02.330.5297 | **팩스** 02.3141.4488 | **이메일** arbolbooks@jihak.co.kr
ISBN 979–11–6204–058–4 44810
ISBN 979–11–85786–85–8 44810 (세트)
잘못된 책은 구입하신 곳에서 바꿔 드립니다.

 제조국 대한민국   사용연령 10세 이상
KC마크는 이 제품이 공통안전기준에 적합하였음을 의미합니다.

 아르볼은 '나무'를 뜻하는 스페인어. 어린이들의 마음에
담긴 씨앗을 알찬 열매로 맺게 하는 나무가 되겠습니다.

홈페이지 www.jihak.co.kr/arb/book | **포스트** post.naver.com/arbolbooks